の貌

居眠り同心 影御用7

早見 俊

時代小説

二見時代小説文庫

殿さまの貌《かお》——居眠り同心 影御用7

目次

第一章　島帰りの男　7
第二章　恩ある影御用　57
第三章　濡れ衣探索　102

第四章　禁じ手　146
第五章　探索の壁　193
第六章　狂気の剣　239

第一章　島帰りの男

一

文化《ぶんか》九年（一八一二）の弥生《やよい》五日、春爛漫、江戸は桜が匂わんばかりに咲き誇っている。

蔵間源之助《くらまげんのすけ》は北町奉行所に出仕し、奉行所内にある蔵で過ごしている。そう、まさに過ごすという言い方がふさわしい。

源之助の職務は両御組姓名掛《りょうおんくみせいめいがかり》、つまり、南北町奉行所の与力、同心の名簿を作成する掛である。

通称、「居眠り番」と陰口を言われている閑職で、それが証拠に南北町奉行所合わせて源之助ただ一人の職務である。それだけに、奉行所の建屋内に掛《かかり》はなく築地塀《ついじべい》に沿っていくつか建ち並ぶ土蔵の一つを間借りしていた。

漆喰《しっくい》の壁際に名簿が収納された棚が並べられ、板敷きの真ん中に畳を二畳敷いてある。畳には文机《ふづくえ》や火鉢、座布団が敷かれ、そこが源之助の居所というわけだ。

源之助がこの職務に就いたのは二年前の如月《きさらぎ》のことで、それまでは、筆頭同心として町廻りや捕物の最前線に立っていた。四十二歳という厄年が災いしたのか、ある事件で失態を演じ居眠り番に左遷された。

源之助は天窓から覗く桜の木をぼんやりと眺めている。春風に乗って薄紅の花弁が舞い落ちる様はいつまで見ていても見飽きるということがなかった。

まことに長閑《のどか》な昼下がりである。のんびりと過ごすことに後ろめたさを感じるのは、定町廻《じょうまちまわ》りの職務に多少の未練が残っているということか。それでも、取り立ててやることがないとあれば、ついまどろみに身を任せてしまう。

何処からともなく聞こえてくる小鳥の鳴き声が眠気を増長させる。うつらうつらと舟を漕いでいると引き戸が開けられた。思わず身体《からだ》がぴくんとなり戸口に目をやる。小者が申し訳なさそうに文《ふみ》が届いたと入って来た。

「文……」

源之助はあくびを嚙み殺して文を受け取る。小者は文を渡すと早々に立ち去った。

「誰だ」

首を捻ってから差出人を見る。

そこには捨吉《すてきち》、とだけ記されていた。

捨吉とは……。

記憶を辿るため視線を凝らしたが思い出せない。わざわざ文を寄越すとはよほどのことなのだろう。文を開き文面に視線を落としたところで、

「ああ、多摩の捨吉か」

源之助は本人は気がつかなかったものの大きな声を上げていた。多摩の捨吉、五年前源之助がお縄にしたやくざ者だ。多摩の百姓の三男坊だったが、百姓仕事を嫌い江戸に流れて来て無頼の徒となった。

兄貴分と慕うやくざ者と語らって商家に押し入り、盗みを働いた。その罪により、八丈島に遠島となった。

それが、赦免《しゃめん》されたらしい。

文面には、五年前には世話になった、お陰様で赦免になったという礼と、会いたい

旨が記されてあった。

「捨吉が会いたいか」

会いに行くかどうか迷った。

捕縛した時には激しく抵抗し、憎悪の目を源之助に向けてきた。あの時の射すくめるような目は忘れられない。捕縛した時には二十歳だった。従って、二十五になったわけだ。

わざわざ、自分に会いたいということはあの時の恨みを晴らそうというのか。

捨吉が流人暮らしを続け、ひたすら自分への恨みを抱き続けた、いや、自分への復讐を生き甲斐に島暮らしを続けていたとしても不思議はない。

だとすれば、最悪の場合死地に赴くようなものだ。

たとえそうであったとしても、源之助は会いたいという思いに駆られた。

楽天的に考えれば自分への恨みを晴らすのなら、わざわざ会いたいと報せてくる必要はないだろう。それこそ、路上で待ち伏せをして闇討ちにすればいいことだ。

「会ってやるか」

恐怖心よりも好奇心が疼《うず》いた。野良犬のような捨吉がどんな男になったのか。自分に会いたいという目的は何か。

捨吉の文を文机の上に置いた。天窓から桜の花弁が舞い落ち、文の上に落ちた。果たして、桜が捨吉の赦免を歓迎しているのかどうか、

「五年ぶりか」

源之助は冷めた茶をごくりと飲みこんだ。

捨吉が待っていると指定したのは馬喰町《ばくろちょう》の旅人宿だった。

主人に捨吉に会いたい旨を告げると二階にいるという。源之助は階段を一段一段踏みしめるようにして上がった。部屋の襖は閉じられている。

襖を開ける前に身体が緊張で硬くなった。緊張を解《ほぐ》すように空咳《からぜき》を一つし、

「蔵間だ」

と、声を放った。

「どうぞ、入ってください」

まごうかたなき捨吉の声だ。源之助は静かに襖を開けた。

西日が差し込む小さな部屋に捨吉は座っていた。痩せた身体、月代《さかやき》は伸びているが髭は剃られていた。両の目は釣り上がっているものの獰猛さはない。頬骨が張り、唇の薄い面差しは記憶の中にある捨吉本人に間違いなかった。

夕陽を受け、頬が赤らんでいるせいか、思ったよりも元気そうだ。

「旦那、お久しぶりでございます」

捨吉は両手を膝に置き、丁寧に頭を下げた。

「しばらくだな」

源之助は大刀を鞘ごと抜いて捨吉の前に座った。

捨吉は神妙な様子である。とても、仕返しを考えているようには見えない。

「旦那、お変わりございませんね」

「世辞は島で覚えたのか」

源之助は苦笑いを浮かべた。

「世辞なんかじゃござんせんや」

捨吉はかぶりを振る。

「ということはおまえ、目が悪くなったようだな。わたしは四十四だぞ。すっかり、身体の方は衰えてしまった。この大刀だって近頃は腰に重くてな」

源之助は右に置いた大刀に視線を落とす。

「老け込むには早いですよ。肌艶なんか五年前のまんまだ。髪だって黒々としてらっしゃる。髷《まげ》も立派に小銀杏《こいちょう》に結《ゆ》っておられますぜ。それに、あれでしょ。雪駄《せった》はその……、今でも中に鉛の板を敷いていらしゃるんでしょ」

「あれも、近頃ではきつい」

源之助は筆頭同心として町廻りを精力的に行っていた頃、懇意にしている日本橋長谷《はせ》川町《がわちょう》の履物問屋杵屋善右衛門《きねやぜんえもん》に作ってもらった、鉛の板を敷くという特別あつらえの雪駄を履いていた。捕物や悪党を捕縛する上で、一つでも多くの武器を持つという源之助なりの工夫だ。今でも履いているが、正直、坂道を歩いたり遠出をすると億劫《おっくう》になる。

ならば、やめればいいのだが、やめると老いを認めるようで意地を張って履いている。

「そんな、頼りないことおっしゃっちゃいやですぜ」

捨吉は上目遣いになった。源之助は視線を凝らした。

「やけにわたしの身体を気遣ってくれるのだな、どうしてだ」

「実は、旦那に頼みたいことがあるんです」

捨吉はここで表情を引き締めた。

「わたしを呼んだのはそのためか」

「まあ、そういうこって」

捨吉はここでそっと窓辺に立った。捨吉は眩しそうに西日を見、次いで四方に目配りをしてから源之助の前に正座をした。

「旦那、五年前、あっしが捕まった一件、まだ覚えていらっしゃいますよね」

「もちろんだ。頭はまだしっかりしているつもりだ」

源之助は軽口を叩いたが、捨吉はそれには乗ってこず硬い表情のまま源之助を見返した。

五年前の事件。

芝口一丁目にある菓子屋船渡屋で盗みと殺しがあった。

捨吉は兄貴分であった寅五郎《とらごろう》と一緒に船渡屋に押し入った。といっても、捨吉は見張り役だった。源之助が捕方を率いて踏み込み、寅五郎を召し取った。盗みに入った際、寅五郎は主人松之助《まつのすけ》を殺《あや》めたことで死罪となった。

見張り役だけだった捨吉は罪一等を減じられ八丈島への流罪となったのである。

「それがどうした」

「先月の晦日《みそか》、赦免になってから兄貴のおっかさんに会いに行ったんでさあ」

寅五郎の両親は浅草並木町の長屋に住んでいた。寅五郎は飾り職人をやっていた父親とそりが合わず、家出した。寅五郎は勘当されていたため、二親には罪は及ばなかった。

「おとっつあんの寅次《とらじ》さんは三年前に肺を患って亡くなりました。おっかさんのお吉《よし》さんは洗濯女をして細々と暮らしていなさるんです」

捨吉はしんみりとなった。

源之助は黙って話の先を促す。

「あっしは兄貴の線香を上げに行ったんですがね、おっかさん、今でも兄貴が船渡屋の御主人を殺めたなんて信じられないって。そのことを、何度も何度も言いなすってそれはもう聞いているこっちまでが辛くなりました」

捨吉は声を詰まらせた。

「おまえも寅五郎が松之助を殺していないと信じているのだな」

源之助は厳しい目をした。

「そうです。あっしも信じられません。兄貴は、そら手癖は悪かった。でも、人を殺めるようなお人じゃなかった」

「どうしてそんなことが言える」

「そら、あっしの……」

捨吉の視線が揺れた。いかにも自信なさげだ。

「勘なんてもんじゃねえ。あっしにはわかるんだ」

捨吉は抗《あらが》うような物言いをしてから、はたと自分を戒めるようにしんみりとなり、

「旦那、すんません、高飛車な物言いをしてしまって。でも、わかってください。兄貴は小塚原《こづかっぱら》の刑場の露と消えるまで、自分はやっていないって叫んでたって、お袋さんは涙ながらに言ってましたよ」

「そら、母親としたら息子のことを信じてやりたくなるだろう」

源之助は敢《あ》えて突き放した。

「そうじゃねえ」

捨吉は激しく首を振る。

一呼吸置いてから、

「頼みというのは……」

「兄貴の濡れ衣を晴らしてもらいたいんです」

捨吉は両手をついた。

「勘と申すか」

二

部屋を沈黙が覆《おお》った。

春の華やいだ気分は何処かへ消えた。源之助は胃がちくちくとした。

「旦那、どうかお願いします」

捨吉は額を畳にすりつけた。

「おい、頭を上げろ」

「承知くださるんですか」

捨吉は顔を上げた。

「できんな」

源之助は顔をしかめた。いかつい顔だけに捨吉には大きな威圧感を与えたようで、気圧《けお》されたように口を開けたままぼんやりとなった。それでも、己に鞭打つように、

「旦那、冷たいですぜ」

「おまえに冷たいなどと言われる覚えはない。そんな義理はないぞ」

源之助は苦笑を浮かべた。

「そら、そうでしょうがね」

「それにな……。もう、わたしは五年前のわたしではない」

源之助はふと寂しげな表情を浮かべた。

「さっきも言ったじゃござんせんか。旦那はちっちも変わってないって」

捨吉は大きく首を横に振る。

「おまえはわかっておらん。わたしはな、もう、定町廻りではないのだ」

「ええっ……」

「もう、二年前になるか」

源之助は筆頭同心を左遷された一件を持ち出した。

「そんなことが……。旦那もご苦労なすってらしたってわけですか」

捨吉はがっくりとうなだれた。

「すまぬな、期待には応えられそうにない。わたしは居眠り番と揶揄《やゆ》される閑職に身を置いている。今日もやることがなくて、うたた寝をしておった」

源之助は自嘲気味な笑みを浮かべた。捨吉は顔を輝かせ、

「それなら好都合だ」

と、手を打った。

「何がだ」

「ですから、暇ってことはこっちの探索に時を割《さ》けるということじゃござんせんか」

「勝手に決めるな。わたしは、定町廻りを外《はず》れたのだ。探索など、勘が鈍ってできるものではない」

　源之助は嫌な顔をした。

「旦那なら、探索の勘が鈍るなんてことござんせんや」

　捨吉がどうして源之助をそこまで信頼しているのかわからない。おそらくは自分以外に頼る人間がいないのだろう。そうは思いつつも、

「おまえ、どうしてそこまでわたしを信用するのだ」

　しかし、捨吉の答えは意外なものだった。

「そら、旦那があっしのことを助けてくだすったからですよ」

「わたしがか」

　今度は源之助が戸惑う番だ。

「危うく、あっしまで首を撥ねられるところだったのを、旦那はあっしが見張り役にすぎなかったって、庇《かば》ってくださいました。実に公平なお方だと感謝申し上げたんですよ」

「わたしは当たり前のことをしたまでだ」

源之助は横を向く。

「そんなことはござんせんよ。島に送られる時、牧村《まきむら》さまってお若い同心さまから聞きましたよ。旦那はあっしが見張り役であったことを吟味方の与力さまに強く言上《ごんじょう》なすって、兄貴と同罪になるところを助けてくださったって」

「新之助《しんのすけ》がそんなことを……」

牧村新之助は現在定町廻り同心。源之助が見習いとして出仕した時、新之助の父に世話になったことの恩返しにひときわ面倒を見てやっていた。

「牧村さまもお元気でいらっしゃいますか」

「一人前の定町廻りになっておるぞ」

「そうですか」

捨吉は懐かしげに目を細めた。

「話は聞いた。わたしの答えは否だ。すまぬが、力にはなってやれん。一度、決まった罪を覆《くつがえ》すことなんかできん。それに、こんなことを申してはなんだが、寅五郎は死んでしまった。たとえ、罪が晴れたとしても生き返ることはない。冷たいことを申すようだが、それが実際のところだ」

「そら、そうですが、それでもお願いしたいんですよ」

捨吉は哀願口調になった。

「もう一度申す。おまえの願いは聞き届けてやることはできん」

源之助は捨吉を拒絶するように眉間に皺を刻んだ。

「どうしてもですか」

捨吉は恨めしげな目で源之助を見上げる。

「そんな目をするな」

「蔵間の旦那はきっと願いをお聞き届けになってくださるって信じてましたからね」

「期待に沿えずすまなかったな」

源之助は脇の大刀を持ち腰を浮かした。その時、隣室と隔ててある襖《ふすま》が開いた。初老の女が立っていた。

「お袋さん」

捨吉が声をかけた。

「お袋……」

源之助は女に視線を据えた。

「寅五郎の母、吉と申します」

お吉は源之助の前にやって来ると両手をついた。源之助は言葉を飲み込む。

「蔵間さま、どうか」

即座に源之助は制し、

「隣で盗み聞きをしていたのか」

「申し訳ございません」

お吉が謝るのを、

「すんません。あっしが呼んだんでさあ。旦那が承知してくれるものと思っておりましたのでね」

横から捨吉が口を挟んだ。

「それはできん……」

源之助が躊躇《ためら》いがちに言い出そうとしたところで、

「お願いします。寅五郎の無実を晴らしてください」

お吉は訴えかけてくる。

「いや、それは……」

「お願いします」

「できん」

源之助は吹っ切るように首を横に振った。

「どうしてもですか」

お吉の目は険しくなった。

「ああ、できんものはできん」

源之助はお吉の訴えを退けるように腰を上げた。捨吉が物凄い形相で睨んでくる。それをそっぽを向いて無視し、踵《きびす》を返したところで、

「お袋さん！」

捨吉の甲走った声がした。耳をつんざくその声に、嫌な予感がしてお吉を振り返ると、お吉は剃刀を喉に当てていた。それを捨吉がお吉の腕を摑んで必死に思い留まらせようとしている。

「やめろ」

源之助はお吉の手から剃刀を奪い取り、部屋の隅に投げ捨てた。

その上で、

「馬鹿な真似はよさんか」

源之助は厳しい言葉を浴びせた。

「馬鹿なことではございません」

お吉も負けてはいない。

「己が倅の無実を信ずる気持ちはわかる。わたしとて、息子がおるからな」

源之助はここで声の調子を落とした。お吉は真摯《しんし》な顔で聞いている。このまま、突き放すにはいかにも不憫になった。

「お吉、もう一度尋ねる。寅五郎の無実をどうしてそこまで思うのだ」

「あの子の目でございます」

「目じゃと」

「小塚原の刑場で見た、寅五郎の目。あの目はわたしに自分は濡れ衣であることを訴えていたのです」

「こう申してはなんだが、それは思い過ごし。酷な言い方をするようだが、親の欲目というものではないのか」

源之助はここは鬼にならねばと思った。決して、情に流れてはならない。

「いいえ、決して欲目では……。いえ、欲目かもしれません。でも、欲目であってもよいと思うのです。親が息子の無実を信じてやらねば、あまりに哀れでございます」

お吉は凄い迫力である。息子の無実に微塵の揺らぎもない。安易な言葉を返すべきではない。

「おまえの気持ちはよくわかる」

「寅五郎を成仏させてやりたいのです。今でも寅五郎の魂は成仏できずに彷徨《さまよ》っています。成仏したからって、寅五郎は極楽に行けるとは思いません。きっと、地獄で閻魔さまに折檻されることでございましょう。でも、それでも、成仏させてやりたいのです」

お吉の目から大粒の涙が溢れた。

それから奇妙な音が聞こえた。それは捨吉の泣き声だった。お吉の心情を思い貰い泣きをしたようだ。源之助はしばらく二人が泣くに任せた。

狭い部屋の中は二人の泣き声で満たされた。源之助は、

「わかった」

と、ぽつりと洩らした。お吉は泣くのをやめた。そして、泣き腫らした顔を向けてきて、

「ありがとうございます」

続いて、

「さすがは蔵間の旦那だ」

捨吉は間髪《かんはつ》を置かずに言い添えた。

お吉は涙を拭う。

源之助は真剣な顔をして、

「やってみるが、おまえたちの願う結果が得られんかもしれんぞ。つまり、寅五郎の仕業であったことが明白になるだけかもしれんと言うことだ。その覚悟はあるか」

お吉は迷うことなく、

「ございます」

横目に捨吉を見ると捨吉も首を縦に振るのがわかった。

――影御用――

居眠り番に左遷されてから、折にふれ奉行所では取り扱わない役目を遂行している。それによって、報酬を得るとか定町廻りに復職できるなどという見返りはない。悪い言い方をすれば、暇潰し。良く言えば、源之助の中に埋み火《うずみび》となって残っている八丁堀同心の魂、正義を貫く心によって行っているに過ぎない。

報われることのない御用だが、これは源之助にとっては生きることの証であった。

今回は島帰りの男、捨吉の依頼を受けた影御用となりそうだ。

三

源之助は明日、船渡屋に捨吉と一緒に行くことを約束して別れた。家路に着く頃には日がとっぷりと暮れてしまった。夜風に吹かれながら黙々と家路に着く。

「やられたか」

源之助はそう呟いた。

夜風に吹かれながら頭を冷やしてみると、どうも捨吉とお吉にしてやられたような気がする。自分を船渡屋殺しの一件の探索に引っ張り込むために二人して源之助を丸め込んだようだ。

「が、それもよし」

どうせ暇だし、お吉の心情を思えば一肌脱いでやるのはやぶさかではない。

段々と五年前のことが思い出された。あの頃は忙しかった。日々、役目に追いまわされていた。

寅五郎たちもお縄にしてからは、吟味は与力に全て任せていた。だから、寅五郎が松之助を殺した下手人と聞いておやっと感じたことが思い出される。

「やはり、調べるべきか」

源之助はそう呟きながら家に戻った。木戸門から母屋に至り玄関を開ける。玄関に妻の久恵《ひさえ》が現れ三つ指をついた。

「お帰りなされませ」

「変わりないか」

普段通りの言葉をかけると腰の大刀を鞘ごと抜いて久恵に手渡した。廊下を奥に歩く源之助の背後から久恵は遠慮がちに、

「大野《おおの》さまがいらっしゃいました」

源之助の足が止まった。

「重三郎《じゆうざぶろう》さまが」

源之助は縁側に出ると居間に入った。

大野重三郎とは吟味方与力である。二年前父の清十郎《せいじゆうろう》が死去したのに伴い、それまで見習いとして出仕していた重三郎は父の後を継いで与力となった。

清十郎の死因は表向き病ということになっているが、実際は切腹。しかもこの切腹、源之助を助けんとしてのものだった。源之助が両御組姓名掛に左遷となった事件の責務を清十郎が引き受けたのだ。

清十郎はいわば命の恩人である。

先月、三回忌をすませたばかりだ。正直言って重三郎と顔を合わせるのは辛い。

「重三郎さまは、何か申されたのか」

聞く源之助の声がしぼんでゆく。

「しばらく待っておられたのですが、何も申されずに帰って行かれました」

「明日にでも尋ねてみる。ところで、源太郎《げんたろう》はどうした。まだか」

と、息子の帰宅が遅いことを気にかけた。源太郎は目下見習いの身である。尋ねてから今晩は定町廻りの連中で花見に行く予定であることを思い出した。

「お花見だとか」

案の定、久恵はそう答えた。

「桜は見頃だからな」

「お食事になさいますか」

「頼む」

食事と聞いて空腹であることに気がついた。久恵はすっと奥に引っ込んだ。

それにしても大野重三郎、一体何の用だろう。わざわざ、組屋敷に尋ねて来るとはよほど重大な話があるのだろう。

気になってしまう。

いつもは暇な身だが、一旦、用事が起きると重なってしまうから不思議だ。

「お待ちどうさま」

お膳が運ばれて来た。鰆《さわら》の西京焼きがあった。

「鰆か」

思わず顔が綻び食欲が湧いた。

「お酒、召し上がりますか、大野さまがご持参くだされたのです」

「ならば、一杯だけ」

源之助に晩酌の習慣はない。飲まないことはないが、酒に溺れることはないし、行きつけの飲み屋があるわけでもない。だが、重三郎からのせっかくの土産だ。銚子一本くらいなら飲んでもいいだろう。

また、それが恩人である大野清十郎への供養になるような気がした。

久恵は人肌に温めて持って来た。久恵は酌をしようとしたが手酌でかまわんとやんわりと断った。

一口飲む。舌触りがいい。上方《かみがた》の清酒のようだ。酒を好まない源之助にも抵抗なくすうっと喉に入っていく。大根の古漬けを舌に乗せる。

酒の味が一段と引き立った。

銚子一本を抵抗なく飲んでしまった。

「お替りをお持ちしますか」

「そうだな」

一本でやめておこうと思ったが上等な酒というのはつい猪口《ちょこ》が進んでしまう。一本飲んでほろ酔い気分となり、今晩は心地良い酔いに身を任せたくなってしまった。大野清十郎のことが思い出される。

寡黙だが時に快活な人だった。責任感が強く、源之助のしくじりを自分で受け止めてくれた。

思い出に浸ると、酔いが手伝ったのだろうか、涙が溢れそうになった。そこへ久恵が銚子の替わりを持って来た。源之助はあわてて顔をそむける。そして、誤魔化すように、

「たまに晩酌するのも悪くはないな」

「源太郎たちと花見でもなさればよろしかったのに」

「まあ、そうだな」

曖昧に言葉を濁し源之助は鰆に箸をつけた。銚子の替わりを半分ほど飲んだところ

で瞼が重くなった。

急いで食事を済ませる。

「お休みになられますか」

「うん」

源之助は寝間へと入った。


その晩、源之助は大野の夢を見た。しくじった時のことが断片的に夢となって現れては消えていく。最後の場面は大野の切腹の報せだった。

六日の朝、目が覚めると、

「ずいぶんとうなされておられましたよ、悪い夢でもご覧になったのですか」

久恵が心配そうに声をかけてきた。

「覚えがないな」

惚《とぼ》けたものの汗をかき寝巻きが背中にべっとりと貼りついていた。まずは湯屋にでも行って来るか。

「源太郎は遅かったのか」

久恵はわずかに顔をしかめた。

「調子に乗って羽目を外したのではないか」

「そのようでした」

「馬鹿めが」

言いながら源之助は布団から起き上がった。


近所の亀の湯に顔を出した。脱衣所でみだれ籠に着物を脱ぎ、ざくろ口を潜ると湯船に向かう。もうもうとした湯煙の中、湯船に身を沈める。息がつまり、身動きできないくらいに熱い湯だ。二日酔いにはなっていないが、身体《からだ》に残っている酒を汗と一緒に流し出そうと我慢する。すると、間近で小波《さざなみ》が立った。

男が一人入って来た。

湯が揺れて一段と身に染みる。文句を言う気はないが、新たな侵入者の顔を見た。相手もこちらを向いた。

「重三郎さま」

相手は留守中にやって来た大野重三郎、すなわち大野清十郎の息子である。

「おお、蔵間か」

重三郎は若いながらも聡明そうな顔をこちらに向けてきた。

「昨日は、留守を致しまして」

湯煙の中で源之助の声がこだまする。

「そのようだったな」

重三郎はすっと視線をそらした。留守をしていたことに腹を立てたのだろうか。

「ご丁寧に、土産までいただきまして」

続いて礼を述べたところで重三郎はそっとこちらに近づいた。

熱い湯が今度は大きく揺れた。重三郎は小声で、

「今夕、日本橋の料理屋浜風《はまかぜ》に来てくれ」

「今夕……」

問い返すと重三郎はそっと身体を離した。そしてそれきり、唇を硬く引き結び目を瞑った。そのひどく秘密めいた態度はやけに気になる。

料理屋に呼び出すとは。

湯屋はもちろん、奉行所でも話せないことなのだろう。

何用だろうか。

源之助は湯船を出ようとしたがそれより先に重三郎が出て行った。湯面が大きくたゆんだ。一緒に出ることはよくない気がする。重三郎が湯屋から出て行くまで湯に浸

かり我慢することにした。

湯当たり気味の身体で源之助は家に戻ると源太郎は既に出仕したという。

「二日酔いではなかったのか」

「そのようでしたが、きちんと身形《みなり》を整えて出てまいりました」

久恵はどこか誇らしそうである。

「ならばよい」

「旦那さま、なんだかお疲れのご様子ですけど」

「そんなことはない」

湯でのぼせただけだとは言えない。

「どうか、無理をなさらず」

「無理などしておらん」

つい、向きになってしまった。

「早く、出仕するぞ」

と、源之助は身支度を命じた。久恵がこっそり笑ったのが恨めしかった。

――歳を取ったか――

ふとそんな思いに駆られた。

四

出仕し、居眠り番こと両御組姓名掛に顔を出した。それにしても重三郎のことが気にかかる。料理屋に自分を呼び出したというのはよほどのこと、それも困難なことに違いない。

取り立てて何もすることのない自分であるからつい頭がそっちへ向いてしまう。陽だまりの中でぼうっとしていると、

「旦那」

という声がした。

捨吉である。

そうだ。捨吉の一件もあったのだ。一旦、引き受けると約束した以上、知らん顔はできない。

「入れ」

源之助が声をかけると、

「のんびり茶なんか飲んでる場合じゃござんせんぜ。さあ、行きましょう」

捨吉は大した張り切りようだ。

「馬鹿に張り切っているな」

源之助の苦笑交じりの言葉を、

「当たり前じゃねえですか。寅五郎兄貴が成仏できるかどうかってところですぜ」

捨吉は急《せ》き立てる。

「わかった」

源之助は尻を叩かれるようにして腰を上げた。

捨吉が先導した。奉行所の塀に沿って歩く。同心詰所の前に通りかかった。格子窓の隙間を通して中の様子に目をやると、花見の疲れが出たのか、それともそういう目で見るからか、同心たちに緊張感が感じられない。源太郎などは、源之助の気持ちを逆撫でするかのように大きくあくびをした。

「馬鹿め」

源之助は呟くと足早に通り過ぎた。

源之助は気がつかなかったが、詰所の中から源之助が捨吉と一緒に歩いているのを一人の同心が見ていた。

牧村新之助である。五年前の一件で源之助と共に寅五郎たちを捕縛した男だ。新之助は、

「蔵間殿と一緒の男……」

と、首を捻った。

そこへあくび交じりに源太郎が横に立った。

「どうしたのですか」

源太郎の言葉はあくびで曖昧に濁った。新之助は眉を潜めた。源太郎はあわてて背筋を伸ばすと、

「どうかなさいましたか」

と、問い直した。

「お父上と一緒に歩いていた男……」

新之助は変な顔をしている。

「父とですか」

源太郎は詰所から外に出た。が、源之助の背中は見えたものの、一緒の男の顔は確かめられなかった。わざわざ追いかけて確かめることもないだろう。

新之助も詰所の外に出て来た。そして、男の背中を見ながら、

「どっかで見た男だ……」

と、言ったが、それは源太郎の耳には届かず、

「何ですか」

「いや、何でもない」

新之助はそう言うとくるりと背中を向けた。

そこへ、緒方小五郎《おがたこごろう》が入って来た。

緒方は源之助の後任に筆頭同心になった。永年に亘《わた》り例繰方《れいくりかた》を務め、人柄は温厚いかにも能吏といった男だ。そんな穏やかな緒方の顔に焦りが見受けられる。

「逆袈裟魔《ぎゃくげさ》、どうなっておる」

緒方の問いかけに新之助も源太郎も表情が強張《こわば》った。

逆袈裟魔とは近頃出没している辻斬りである。これまでに、三人の侍が犠牲になっている。浪人が一人、大名家の勤番侍が二人。いずれも、左の脇腹から右の肩に斬り上げられていた。その逆袈裟のような太刀筋から逆袈裟魔と呼ばれ江戸を騒がせている。

新之助と源太郎は何よりも逆袈裟魔探索を優先せよと緒方から命じられていた。

「申し訳ございません」

新之助がしおらしく頭を垂れたように何の手がかりも得ていない。横で源太郎も神妙な顔つきで畏《かしこ》まった。

「五年前にぷっつり姿を消し、今頃出没するとは。桜にでも誘われたのか」

緒方は苦笑を浮かべた。

逆袈裟魔は五年前に四人の侍を斬り、正体を掴ませないまま忽然と姿を消した。それが、十日ほど前から突如として現れた。

今度こそ、捕縛せぬことには町奉行所の名折れである。

「しかと頼むぞ」

緒方の言葉に新之助も源太郎も気持ちを引き締めるようにしゃきっとなった。

昼四つ（午前十時）、源之助は捨吉と共に芝口《しばぐち》一丁目にある船渡屋にやって来た。屋根看板には享保元年（一七一六）創業とある。百年あまり商売を営んでいる老舗《しにせ》の菓子屋だ。

「ここは確か、蒸籠《せいろ》で蒸した饅頭が名物だったな」

「そうですよ。今じゃ、あちらこちらのお大名屋敷にも出入りしてるって評判の名店です。五年前に主人の松之助が死ぬと、手代だった茂兵衛《もへえ》が婿養子に入って店を継いでいます」

「おまえ、よく知っているな」

「あっしだって、島から戻って何もしなかったわけじゃございませんや」

「ともかく、まずは、様子を見てくるか」

「そうですね」

捨吉も一緒に行こうとしたが、

「おまえはひとまずどこかで待っていろ。いくらなんでも、島帰りのおまえとわたしが一緒に行くのはまずい」

「そら、そうですね」

捨吉は、この先の稲荷で待つと足早に立ち去った。

源之助は暖簾《のれん》を潜った。

大勢の客と奉公人たちがいた。みな、忙しげにやり取りをしている。店の中で奉公人を一人捕まえて、素性を告げて主人に会いたい旨伝えた。

すぐに、奥に入るよう言われた。

源之助は通り土間を奥に向かう。裏手は工房になっていた。蒸籠が並べられ饅頭が蒸されている。立ち上る湯気の中を奉公人たちが急き立てられるように働いている。

その中にあって、

「もっと、急ぎなさい、ほら、そこ、小豆を使い過ぎだ。もっと、少量でいい」

実に事細かに差配を振るっている男がいる。粗末な木綿の着物に紺の前掛け、前掛けには船渡屋の屋号が染め抜かれている。口うるさい番頭がいるもんだと思ってしばらく眺めていた。

男はやがて源之助に気がついた。

源之助と視線が交わったところで、

「主人に会いたいのだが」

と、声をかけた。

男はぺこりと頭を下げ、

「わたしが主人の茂兵衛でございます」

そうか、この男が手代から婿養子になって店を継いだという男なのだな。跡取りに見込まれただけあってよく働く。

茂兵衛は三十前後、風采の上がらない顔と小柄で神経質そうな目をしていた。

「どうぞ、こちらへ」

茂兵衛は源之助を案内して店の裏手にある座敷に入った。小上がりになった六畳の地味な座敷である。装飾の類《たぐい》は一切なかった。

出された茶も申し訳程度に色の付いた出涸《でが》らしだ。評判の蒸し饅頭が出されると期待していたが、この茂兵衛相手では期待するだけ馬鹿を見るだろう。

茂兵衛は神経質そうに目をぱちぱちとさせながら、

「御用の向きは何でございましょう」

「五年前の一件についてなのだ」

茂兵衛の目は更に二度、三度大きくしばたたかれた。

「五年前とは、手前どもに盗人が押し入り、先代の主人松之助が殺《あや》められたことでしょうか」

「いかにも」

源之助はこくりと茶を飲んだ。まるで白湯《さゆ》である。いや、白湯の方が味がないだけましだ。なまじっか、使い古した茶葉を通しているため、なんとも気持ちの悪い味になってしまっている。

いかつい顔をしかめるのを我慢できなかった。

「下手人の盗人は死罪になったのではございませんか」

「いかにも」

「では、今になって何をお調べなのでございますか」

茂兵衛はいかにも迷惑そうだ。

「今更、蒸し返すというのではないが、多少気にかかったことが出てきた。それで、松之助が殺された時の様子を思い出して欲しいのだ」

「蒸し返しておられるではありませんか」

茂兵衛は露骨に口を曲げた。

蒸し返しているといわれればその通りである。が、それをいなすように精一杯表情を柔らかくし、

「聞かせてくれ」

と、問いを重ねた。

茂兵衛は不服そうな顔をしながらも、

「盗人が入ったのは、夜四つ（午後十時）の頃合であったと思います。わたしは湯屋に行っておりました」

茂兵衛は湯屋の帰りに主人が殺されたのを知ったという。

「女中の話では盗人の一人が蔵の中に押し入ったところを旦那さまも蔵の中に入って

行かれたのです」

「主人は蔵の中に入った、そこで寅五郎と遭遇したのだな」

「思い出しました。旦那さまを殺めた盗人は寅五郎とかいう名前でございました」

「だが、こう申してはなんだが、寅五郎は殺していないと申しておった」

「それは、罪を認めたくなかったのでしょう。往生際の悪さというものではございませんか」

茂兵衛は顔を歪める。

「蔵には他に誰かいなかったのか」

「おらなかったと思います」

「しかと、相違ないか」

「あの……」

茂兵衛はここでわざとらしく顔を歪ませた。

「なんだ」

「五年前に寅五郎は旦那さまを殺した咎《とが》で死罪になったではございませんか。お裁きになられたのは北の御奉行所でございますよ」

それは明らかに非難めいた雰囲気が漂っていた。無理もない。五年前に落着した事件なのだ。

それに、船渡屋にしてみたら忘れ去りたい忌まわしい事件に違いない。

「なかなか、発展のようだな」

源之助は話題を変えた。

「お客さま方のお陰でございます」

「お大名方の屋敷にも出入りしておるとか」

「ご贔屓《ひいき》にしていただいておりますお大名家はございます」

茂兵衛の物言いはどこまでも慎重である。それから、

「申し訳ございません。今日は忙しゅうございます」

と、いかにも迷惑そうな素振りを見せた。

「すまなかったな」

源之助はこれ以上居座っても何も見出せないと思った。

源之助が腰を上げたところで茂兵衛は襖を開けた。すぐに目についた女中に小言を言う。

「お衣《きぬ》、早くお使いに行ってきなさい」

それは先ほども小言《こごと》を言われていた女中だった。

五

源之助は表に出た。

小言を言われたお衣が出て来るのを待った。お衣が出て来た。源之助はいかつい顔を精一杯緩めて近づくと、

「お使いか、ご苦労だな」

と、さりげなく声をかける。お衣は八丁堀同心に突然声をかけられて戸惑いと驚きを隠せないようにおどおどとした。

「口うるさい主人だな」

源之助はニヤリとした。

お衣は黙っている。

「ちょっと、聞かせてくれ。これで、甘いものでも、ああ、おまえの奉公先は菓子屋だったな」

言いながら小銭を渡す。お衣は、

「菓子屋でも、うちの菓子は滅多に口に入れることはできません」

たった今見た茂兵衛の吝嗇《けち》ぶりを考えればわかる。

「ありがとうございます」

お衣は素直に受け取った。

「五年前、おまえはまだ奉公していなかったか」

お衣はこくりとうなずく。

「ならば、先代の旦那が殺された一件は知らないだろうな」

「いいえ、知ってます。恐ろしい事件だったって、お千代《ちよ》さんからよく聞かされましたから」

「お千代さんというと」

「女中頭のお千代さんです。去年、暇を出されまして今は日蔭町《ひかげちょう》一丁目の一膳飯屋で女中働きをしてます」

「茂兵衛から暇を出されたのか」

「そうなんです」

「どうしてだ」

「よくわかりませんが、旦那さまからえらく叱責をされて、暇を出されたと」

お衣はそれ以上のことはわかりませんと、言い、

「お使いがありますんで、これで」

「おお、すまなかったな」

お衣はお千代が働いている飯屋の所在を教えてくれた。

源之助は捨吉が待ち受ける稲荷に向かった。捨吉は待ちかねたように鳥居の下で首を伸ばしていた。

「どうでした」

源之助の姿を見たところで捨吉は期待の籠った目を向けてくる。

「茂兵衛という男、かなりのしまりやだな。取り付く島もないような扱いだったぞ」

捨吉は顔を歪ませる。いかにも期待はずれと言いたげだ。

「その代わり、主人が殺された晩、現場に居合わせた女中がいることがわかった」

「そうですかい」

たちまち、捨吉の目は和《なご》んだ。

「今、日蔭町一丁目の一膳飯屋で働いているそうだ」

「じゃあ、目と鼻の先じゃないですか」

捨吉はすぐにでも行きたそうだ。

「わかった、わかった、そう、焦るな」

源之助は宥《なだ》めるように声をかけ、そのまま一緒に歩いた。

一膳飯屋は船渡屋からさほど遠くはない日蔭町一丁目の街角にあった。すぐ目の前に陸奥国仙台藩伊達《だて》家が二万五千坪という広大な上屋敷を構えている。

日蔭町は海側には仙台藩だけでなく、播磨国龍野藩脇坂《わきさか》家、陸奥国会津藩松平《まつだいら》家、山側にも大名屋敷、旗本屋敷に挟まれているため、その名の通り日当りはよくなく、そのせいか町全体がくすんで見える。

おまけに海に近いとあって潮風が吹き込み、春の麗《うら》らかさは感じられなかった。

「ちょっと早いが、昼餉《ひるげ》にでもするか」

「しましょう、しましょう」

捨吉は言った。

二人が暖簾を潜ると中は早めの昼食《ちゅうじき》を取ろうという行商人風の男がちらほらいるだけだ。

二人は小上がりになった入れ込みの座敷に上がった。

でっぷりとした中年の女がやって来た。お千代に違いない。捨吉はすぐにでも何か話を聞きたそうだったが源之助はそれを目で制し、

「今日は何が美味いかな」

お千代は愛想よく、

「鰯《いわし》ですよ」

「じゃあ、それを貰う」

源之助に視線を向けられ捨吉も大人しくうなずいた。お千代は明るい声で調理場に鰯と頼んだ。

「あの女ですね」

捨吉は首を伸ばした。

「やめろ、怪しまれるぞ」

「へい」

捨吉は首をすっこめる。

二人は黙って鰯が運ばれて来るのを待った。お千代がやって来たところで、

「お千代だな」

源之助が声をかけた。

「そうですけど」

お千代は首を傾げる。

「ちと、五年前の船渡屋の一件で聞きたいのだがな」

お千代の頬がぴくんと引き攣《つ》った。

「何をですか」

明るい口調が一変し、警戒の色が濃くなっている。

「松之助が殺された現場におまえは居合わせたな」

「ええまあ」

「その時の様子を聞きたいのだ」

「でも、あれは、五年前に落着したのではございませんか」

「それはそうだが、もう一度聞きたいのだ」

「でも」

お千代は抗《あらが》った。

すると、捨吉が、

「頼む、聞かせてくれ」

「な、なんです」

お千代は身を仰《の》け反《ぞ》らせた。源之助がやめておけと目で言ったが、

「あっしは、船渡屋に押し入った盗人寅五郎の弟分に当たります。あの晩、あっしは

見張り役で船渡屋さんの裏木戸に立ってました。それで島流しになったんです。で、幸い、今回赦免されて戻って来ました。あっしは兄貴は船渡屋の旦那を殺してなんかいないって、思ってるんです」

捨吉は堰《せき》を切ったように話をした。

お千代は驚きの顔で見ていたが、

「わかりました。では、昼が一段落しましたら、店の外で」

と、昼九つ半（午後一時）に芝神明宮の門前にある茶店で落ち合うことになった。

お千代はそれだけ言うと奥に引っ込んだ。

「よかったですね」

捨吉は手放しの喜びようだ。喜ぶと食欲が湧いたとみえ、どんぶり飯をかき込み始めた。

源之助も鰯に箸をつけた。真っ黒に焼け、塩気がきつい気がしたが、それだけに飯は進んだ。

昼九つ半、指定された茶店にやって来た。入れ込みの座敷は衝立で細かく仕切られていた。

その内の仕切りの中に三人は入った。

「わざわざ、呼び出してすまなかったな」

「いいえ、それより、五年前の事件、取り調べをやり直すのですか」

お千代は複雑な表情になっている。何かを知っているのか、いや、それは期待の持ち過ぎかもしれない。

「場合によっては、やり直すことになるかもしれん。おまえ、何か知っているのか」

「知っておるのではございません。変だと思っているのです」

「変とは」

横目に捨吉が食い入るようにお千代を見ているのがわかる。

「旦那さまは、盗人が蔵に入っているのがわかりながら、わたしなんかも引きとめたのです。それでも、大丈夫だと申されて」

お千代は首を捻る。

「大丈夫……。大丈夫だと主人は申したのだな」

「そうです」

「大丈夫……。主人はなんでそんなことを申したのだろうな」

「さあ、わかりません。それでそのことを今の旦那さまに申したのです。そうしましたら、茂兵衛さんはとても怖い顔をなすって、そのことは奉行所には言わないほうがいい、と」

お千代はいかにも不満げだ。

「つまり、口止めをされたということか」

「なんだか、そんな気がしました」

お千代が言うと、

「旦那、これは」

たちまち捨吉は反応した。

「ずいぶんと謎めいた言葉だな」

「わたしもそのことがどうも気になって仕方がなかったのです。旦那さまは盗人に殺されるなんて思ってもみなかったんじゃないかって、それで、これは」

お千代は一旦、言葉をつぐんだ。

「どうした」

「あの晩は雲で月が隠れていたんですけど、雲が切れた時があったんです」

お千代はその月明かりに開けられた引き戸を通じて土蔵の中には寅五郎、松之助の他にもう一人男がいたという。

「だ、誰だい」

捨吉は意気込んだ。

「お侍さまのような」

お千代はぽつりと言った。

第二章　恩ある影御用

一

　お千代はそれ以上のことは言えないと茶店から出て行った。

「真の下手人《げしゅにん》はその侍なんじゃありませんか」

　早くも捨吉は決め付けた。

「それはちと早計だぞ」

　源之助は撥ねつけたものの、大いにありうることだ。

「ですけどね、お千代の話を考えてみてくださいよ。松之助は周りが引き止めるのも聞かず、大丈夫だと言ったんですよ。松之助はその侍が蔵の中にいると思ったんですよ。だから、入って行った。ところが、殺されてしまった」

捨吉の言うことは筋が通っている。源之助とてそのように考えていた。捨吉は念を押すように、

「他に考えようがないでしょう」

「事は慎重に運ばねばならんということだ」

「そらそうですがね」

捨吉は宥められ、口をつぐんだ。

「ともかくだ、一つ突破口が見えてきたことは確かだ」

「ありがたいこってす」

「問題はその侍だな。ひょっとして、船渡屋が出入りしておる何《いず》れかのお大名の家臣かもしれんな」

「あっしもそんな気がします」

「となれば、船渡屋と出入りの大名家のことを調べ上げる必要があるということだ」

「そうこなくっちゃ。あっしが調べますよ」

「焦るな」

捨吉は兄貴分の敵討ちでもしようとしているかのようだ。いや、捨吉にとってはまさしく敵討ちなのだろう。

ふと、源之助の脳裏に重三郎のことが過《よぎ》った。重三郎からもきっと困難な依頼があるような気がする。

であれば、早々、この問題に首を突っ込んでいる暇は取れなくなるのだ。

「わかった、やってみろ」

「任せてください」

捨吉は勇んだ。

「くれぐれも言っておくが無理をするな」

源之助は釘を刺した。

「わかってますよ」

捨吉の顔は輝いている。

源之助は指定された日本橋の料理屋浜風にやって来た。

玄関に着くと、仲居の案内で奥まった部屋へと案内される。部屋には既に重三郎が待っていた。

座敷に入ると、席は三つあった。もう一人やって来るということだ。しかも、そのもう一人の席は床の間のまん前にあることから、相応の身分ある者であることが窺われる。

「お待たせ致しました」

源之助は丁寧に挨拶をした。

「すまぬな」

重三郎は元気がない。

「早いもので大野さまが亡くなられて既に二年以上経っておりますな」

「いかにも」

重三郎は言葉少なである。

「大野さまには大変にお世話になりました」

「蔵間のことは色々と聞かされた。悪に容赦なく、正しいと思ったら一直線に突き進む。その姿はまさに鬼同心。かといってその反面、情にもろいところもある、などとな」

「それは大いに買いかぶりと存じます。ところで、お招きいただきましたのは」

源之助はちらっと空いた席に目をやった。重三郎は源之助の視線に気がつき空咳を一つしてから背筋を伸ばした。どうやら本題に入るようだ。

源之助も威儀を正す。

「実は先般、美濃恵那《えな》藩大道寺河内守《だいどうじかわちのかみ》さまの江戸藩邸から、御留守居役藪中勘太夫《やぶなかかんだゆう》さまが尋ねてまいられた。藪中さまはわが父とも懇意にしておられた」

ここで重三郎は言葉を区切った。

南北町奉行所の与力は大名家の江戸留守居役との繋がりがある。各大名家は藩士が江戸の町人と揉め事が起きた場合に穏便に済ませてもらうために与力への付け届けをする。与力はそれによって莫大な富を得ることがあった。

「その藪中さまから、人を探せという依頼があったのだ」

「一体、どなたを探すのですか」

「それがのう、殿さまなのじゃ」

「と、殿さまですか……」

源之助は驚きの声を洩らした。

「美濃国恵那藩大道寺家当主大道寺河内守知安《ともやす》さまだ」

「それはまた……」

源之助は言葉が繋がらない。美濃恵那藩は八万五千石、三河以来の譜代名門だ。歴代当主の中には老中を歴任した者もいる。実際、先代藩主知明《ともあき》は三年前まで老中を務めていた。そんな大道寺家の当主が行方不明とは、まさしく驚きであり、一大事である。

「それでだ」

重三郎が乗り出した時、

「お連れさまがいらっしゃいました」

と、襖越しに仲居の声がした。

重三郎はぴくんと背筋を伸ばした。源之助も顔を緊張で強張らせた。襖が開かれ、初老の男が入って来た。小柄で白髪頭、目つきが悪く暗い印象を受ける。源之助と重三郎が頭を下げると、

「まあ、そう硬くならずになされよ。今日は当方の用事で来てもらったのだからな」

藪中はしわがれ声を出した。

重三郎がうなずく。源之助は身構えた。藪中は床の間を背負って座る。ついで、源之助に視線を向けてきた。重三郎が、

「この者、北町きっての腕利き同心でございますして、蔵間源之助と申します」

源之助は重三郎から誉められても用件を聞いた後だけに緊張は解けなかった。

「蔵間でございます」

源之助は両手をついた。

「うむ、よい面構えをしておるな」

藪中の物言いは本気とも冗談ともつかないものだ。それから重三郎に向き、

「どこまで話されましたかな」

「河内守さまが行き方知れずとなったことまででございます」

重三郎は緊張のあまり、舌をもつれさせている。源之助は藪中を見て大きくうなずいた。

「まこと、由々しき事態だ」

藪中は眉根を寄せた。顔中に皺が刻まれた。

「失踪なさったのはいつでございますか」

源之助が尋ねた。

「二日前、菩提寺である芝の西妙寺《さいみようじ》に参詣のおりなのじゃ」

大道寺知安は数人の供回りと共に本堂に入った。しばらく一人で過ごしたいと供侍を遠ざけたところ、そのまま姿が消えてしまったという。

「西妙寺の住職はなんと申されておるのですか」

「とんと、見当がつかぬと」

「しかし、それでは」

源之助は困り顔をした。

「ところが……」

藪中はここで声を潜めた。源之助は身構える。

「くれぐれもここだけの話にしていただきたい」

源之助も重三郎もしっかりと首を縦に振った。

「まこと由々しきことでござるが、殿は妙な趣向をお持ちでしてな、供侍の一人と着る物を取り替えて、市中を散策することをなさっておられるのです」

「それはずいぶんと大胆でございます。では、今回も散策の最中にあられるのではございませんか」

源之助は驚きの表情を浮かべた。

「ところが、これまではあくまで半日ほど、市中を散策なさり、藩邸にお戻りでござる。今回のように二日も空けるなどということはござらなかった」

「着替えをした供侍はなんと申しておられるのですか」

「殿はいつものように、着替えをなさって、夕刻には藩邸に戻るとおっしゃったそうじゃ」

「何処へ行くということはお話にならなかったのですか」

「特に何も申されなかったということじゃ」

藪中は途方に暮れたように膝を手で打った。

「これまでにはどちらに散策されたのでござろう」

「供の者どもの話では芝の辺り、日本橋の辺りであったと」

「特にご興味を引いたようなところはございますか」

「見るもの手にするもの、全てが物珍しく市中を散策なさった日の殿はまこと機嫌がよろしいのじゃ」

「失礼ながら、河内守さまのお歳はおいくつでいらっしゃいますか」

「御歳二十五歳であられる」

「お若いですな」

「昨年、先代藩主知明さまご逝去に伴い藩主となられた」

重三郎が付け加えた。

「探せと申されましても何か手がかりがないことには……」

源之助は言った。

「そこを、探し出していただきたいのだ」

藪中は腹の底から声を絞り出した。

「わかりました」

返事をしたのは源之助ではなく重三郎である。そして源之助に向き直り、

「河内守さまの行方を頼む」

引き受けないわけにはいかない。

「承知しました」

「三日以内だ。登城せねばならん。いつまでも病欠で通すわけにはいかん」

「承知」

思いもかけない影御用である。

源之助は大きな責任感に押しつぶされそうになった。

二

そこへ、複数の足音が近づいて来た。足音を聞いただけでその緊張は源之助にも伝わってきた。

ほんのわずかに襖が開いた。それだけで藪中は自分への用、しかものっぴきならない用と思ったのだろう。緊張を帯びた目で廊下に出た。襖の隙間から立派な身形《みなり》をし

た侍が立っているのが見えた。藪中に対する態度を見る限り藪中の部下のようだ。

部下は藪中に一通の書状を渡した。藪中はそれを見て顔を蒼ざめさせた。書状を摑む手がわなわなと震えている。どのような内容かはわからないが、行方知れずとなった藩主知安に関わることであるのだろう。

案の定、藪中は座敷に戻るやがっくりと膝を崩しうつろな目となった。

「いかがされましたか」

重三郎が尋ねる。

「殿が……」

藪中は言葉を失った。そして、答えの代わりに震える手で書状を重三郎に渡した。

重三郎までが重々しい顔つきで書状を受け取るとさっと広げた。

一瞬にして重三郎の顔が凍りついた。そして、藪中の許可を求めるように視線を向け、藪中の了解を得ると源之助に渡した。

書状には知安をかどわかしたことが記され、返して欲しかったら金千両を明日の暮れ六つ（午後六時）、芝神明宮の鳥居に持参せよとあった。

「殿さまはかどわかされたということですか」

重三郎は舌がもつれている。

「この文を見る限りそういうことになる」

藪中は声を絞り出した。

「これは、えらいことになった」

重三郎はすっかり浮き足立った。

「しかし、これだけでは河内守さまがまことかどわかされたと決め付けることはできません。ここは落ち着かれませ」

源之助は重三郎と藪中を交互に見た。

重三郎は浮かした腰を落ち着けた。藪中は定まらない視線でうろうろとしているとやがて、

「そうだ、ここは落ち着かねば」

と、自らに言い聞かせるように呟いた。重三郎は、

「しかし、河内守さまがかどわかされたなどと、悪戯で文に差し出す悪党なんぞそうそういないと思います」

この重三郎の一言は藪中の心配の度合いを深めるには十分すぎるものだった。

「一体、どうしたら」

藪中は落ち着きを失くした。

そこへまたしても足音が近づく。藪中は襖を全開にした。部下はわなわなと震えながら紫の袱紗《ふくさ》包みを差し出した。

それを藪中は引き取り風呂敷包みを開けた。そこには印籠があった。藪中はそれを取り上げてしげしげと眺めた。

「殿の持ち物に間違いござらん」

藪中の一言は知安がかどかわされたことが現実であることを告げた。

「蔵間」

重三郎は源之助を見た。

源之助の目も険しくなった。

「これは緊急事態。恵那藩で対応くださるが一番。我ら町方風情《ふぜい》の出る幕ではございません」

重三郎はちらっと源之助に視線をやると腰を浮かした。これ以上、関わることは手控えたほうがいいと判断したようだ。源之助も重三郎に従い切り上げようとした。

しかし、藪中は、

「一肌脱いではくださらぬか」

重三郎は戸惑いながらも、

「ですが、恵那藩のみなさま方にはこのことを解決する上でご立派な方々が大勢いらっしゃるでしょうに」

「いや、それが」

藪中は唇を噛んだ。

「いかがなさいましたか」

「殿が行方不明になっていることを藩邸内で知るものは、ごくわずかでござる。大方の者たちには殿はご病気ということで面会をせぬようにしておるのでな」

源之助が、

「しかし、これは非常事態です」

重三郎もそれを言いたかったのだろうが、藪中への遠慮からか口をつぐんでいた。

「それが」

藪中は口をもごもごとさせた。

源之助の目にはそれが限りなく秘密めいたものに思えてきた。

「この際でございます。お話しくださいませんか。もちろん、他言は絶対に致しません」

藪中はしばらく思案する様子だったが、

「そうですな。武士として信用しようとあなた方を頼ったのですからな。不都合なことだからといって、隠し立てをすることはよくないですな」

と、ここで言葉を区切った。それからおもむろに、

「実は今、藩邸内には知安さまを藩主としていただくことをよからぬことと思っている勢力がおるのです」

「それは何故ですか」

「知安さまはこう申してはなんですが、お一人で江戸の市中を出歩かれるように、行いが少々独創的と申しますか、奇矯なる振る舞いがあるというか。それ故、知安さまでは恵那藩はもたないと慮《おもんぱか》る者たちがおるのでござる。そうした者たちは先代藩主知明さまのご側室お喜美《きみ》の方さまがお産みになられた明和《あきかず》さまこそ藩主にふさわしいと陰で画策をしておる次第」

藩内でそうした勢力争いがあるということか。

「まかり間違えば御家騒動となる」

藪中の嘆きは藩内の事情を聞いた今となってはよくわかる。

「さもありなん」

重三郎は思わずといった調子で言う。

「わが恵那藩八万五千石、大道寺家は神君家康公以来の名門。藩祖知秀《ともひで》さまは三方ヶ原《みかたがはら》の合戦において神君家康公の御側近くをお守りした栄えある御家。更には江戸に開府以来、御公儀を支え、歴代藩主は老中を務めてまいった家柄でござる。その大道寺家に御家騒動などがあってはならん。安らかにお眠りになる藩祖知秀さまに顔向けができない」

藪中は話しているうちに次第に激して声が上ずった。

「ごもっともなる申されよう」

重三郎は相槌を打った。

「従って、この難局は我らごく少数の者たちによって乗り越えねばならん。どうか、ご助力願いたい」

藪中は頭を下げた。

「承知しました。我らとてここまで聞いた以上、引けるものではございません」

重三郎は応じた。

「では、明日の暮れ六つに芝神明宮の鳥居で」

「我らも何人か加勢いたしましょう」

「いや、なるべく、穏便にすませたい。貴殿ら二人でお願いしたい」

藪中は両手をついた。重三郎があわてて、

「お手を上げてください」

「そうです」

源之助も言う。

藪中はぱっと顔を上げて、

「ならば、くれぐれもよろしくお願いしたい」

と、言いおくと立ち上がった。それから、

「こんなことになり、わたしは藩邸に戻らねばならん。貴殿らは、せっかくだ、ここの料理を食べていってくだされ。酒もすきなだけ飲んでくだされ」

と、言い置いて立ち去った。

藪中が去ると重い空気が漂った。それを払うように重三郎は、

「せっかくだ、食べるか」

「はあ」

源之助は遠慮がちに答える。

重三郎は割り切ったように料理に箸をつけた。あまりに意外で重大な展開に言葉が出てこないようだ。

源之助も食べ始める。

「美味いな」

重三郎は言った。このような状況になっても料理を味わうとは、重三郎は案外と肝が据《す》わっているのかもしれない。

「遠慮するな、あ、いや、わたしが馳走するのではないがな。それにしても、厄介なことになったものだ」

「まったくです」

「いくら、父と懇意にしていたとしてもこれはあまりに事が重大だ。しかし、知安さまは将来御老中になられるかもしれぬお方だ。ここは、むげにはできん」

重三郎は言いながら酒を飲み始めた。

杯を伏せたままの源之助に、

「飲まんのか」

と、怪訝な顔を向けてくる。

「今日は遠慮致します」

源之助は頭を下げる。

重三郎はそれ以上勧めることはせず、

「ならば、わたしが飲む」

重三郎はがぶがぶと飲み始めた。それは、どこか自棄酒《やけ》のような空気を匂わせた。

三

その日の昼下がり、源太郎は新之助と共に町廻りに出ていた。新之助は町廻りの間中、浮かない顔をしている。

「逆袈裟魔のことですか」

源太郎は嫌でも気になって問う。その都度、

「そのことではない。別にどうもしない」

新之助は答えるもののそうでないことはその曇った表情で明らかである。

「おっしゃってください。でないと、わたしまで気になってお役目に身が入りません」

新之助は気圧されるように、

「それがはっきりしないのだ」

「何がですか」

「今朝、お父上と一緒にいた男、一体誰であったか。見た顔なのだ。一体、誰であったのか思い出せそうで思い出せん。そうなるともう駄目だ。気になって気になって。どうにも仕方ない」

新之助は首を横に振っていたが、やがて、一点を見つめそれから顔を輝かせ、

「捨吉だ。そう、そう、多摩の捨吉だ」

「多摩の捨吉……。何者ですか」

源太郎は問う。

「盗人だ。五年前に兄貴分と慕うやくざ者と芝口の菓子屋船渡屋に押し入り主人を殺め、お父上に捕縛された。ところが、捨吉本人は見張り役で人を傷つけたり盗みを働いてはいなかったため、八丈島への島流しですんだ。それが、この前の赦免船で戻って来たのだな」

新之助は男の素性が知れたことで胸のもやもやが吹っ切れたのか、饒舌になった。

「父は島帰りの男の訪問を受けたのですか」

「そういうことになるな」

「何をしに来たのでしょう」

「挨拶周りに来たのではないか」

新之助は春風のような穏やかな表情となった。ところがそうはいかないのは源太郎である。

「そうでしょうか」

「他にどんなことが考えられるというのだ」

「仕返しということは考えられませんか」

「それはない」

新之助はまさしく一笑に伏した。

「どうしてそんなことが言えるのですか」

「捨吉はお父上のお陰で罪一等を減じられた。共に押し入った寅五郎は入っただけでなく、船渡屋の主人を殺めた咎で死罪となったのだからな。お父上は捨吉は寅五郎と切り離して裁くべきだと主張されたのだ。だから、捨吉はお父上に感謝しこそすれ、恨みなどあるはずはない」

新之助は源太郎の肩をぽんぽんと叩いた。

「お言葉ですが、人の心というものはわからないものです。よかれと思ってやったことなのに、相手にしてみたらそれが迷惑で、感謝どころか恨みを買う、ということはままあることです。それに、島流しとなって、流人の暮らしを続けているうちに父への恨みを募らせたということだってあり得るのではないでしょうか」

新之助は妙に感心したように二度、三度うなずき、

「なかなか、人を見ることができるようになったではないか」

「からかわないでください」

「だが、そんな心配は無用だ。お父上が捨吉ごときに寝首をかかれるようなことはないさ」

新之助は快活に言う。新之助の快活さに源太郎は安心したのか険しい顔が緩んだ。

「さ、行くぞ。逆袈裟魔を捕まえねばな」

日本橋の通り一丁目の雑踏を歩いて行く。すると、

「あれ」

新之助が立ち止まった。源太郎は新之助の視線を追った。すると、葦簾《よしず》張りの掛け茶屋に履物問屋杵屋の主人善右衛門がいる。源之助とは昵懇《じっこん》の間柄である。

善右衛門はうつろな目で縁台に腰掛けていた。いつもの善右衛門はきびきびとした所作、万事に抜かりのない商人の鑑《かがみ》のような男である。それが今は魂の抜け殻のような目で座っている。脇には手をつけていない草団子と茶が置いてあった。

さすがに気になった。

それは新之助も同様らしく、

「杵屋殿」

新之助が声をかけると善右衛門はここではっとしたような視線を向けてきて、

「これは、牧村さま……。源太郎さまもご一緒でしたか」

返す声音《こわね》にも張りというものがない。新之助は善右衛門の向かいに座った。横に源太郎も腰掛ける。

「いかがされた」

新之助は静かに問いかける。

「別段、どうもしておりません」

善右衛門は笑顔になった。それが、作り笑いであることは目が笑っておらず、目元が引き攣《つ》っていることから明らかだ。

「それにしては元気がなさそうだったが」

「それが、まあ、わたしも耄碌《もうろく》したものです」

善右衛門は苦笑いを浮かべた。源太郎は黙って聞いている。

「掛け金が取れなくなりました」

善右衛門は自嘲気味な笑いとなった。

「客先はどのような」

「さるお寺でございます。火事となってしまったのでございます。昨年の暮れに掛取りに行った際にもう少し待って欲しいと御住職さまに頼まれ、弥生までずるずると引き延ばされた挙句《あげく》に、火事で払えないということになってしまいました」

善右衛門はがっくりとうなだれた。

「余計なことながらいかほどでござる」

「二十両と二分です」

善右衛門のしょげようからしてもっと大金かと思っていたが、案外と大した額ではない。もちろん、二十両は大金には違いないが、杵屋の身代《しんだい》からして、店が傾くというほどではない。

そんな気持ちが源太郎の顔に出たのだろう。善右衛門は源太郎に向いて、

「金額の多寡《たか》ではないのです。わたしは、商人としての勘働きが鈍ってしまったことに、少なからぬ衝撃を受けたのでございます」

「そんなにもくよくよなさることはないと存じますが」

「いや、それが今回の掛取り、倅には散々、相手は信用できないといわれたのです。それをわたしは大丈夫だと言い張りました。反対されて、かえって意地を張ってしま

ったのです。それがこんなことになってしまって。倅にも顔向けできません」

善右衛門は肩を落とした。

新之助が、

「若輩のわたしがこんなことを申すのはいささか業腹《ごうはら》かもしれませんが、ものは考えようと存じます。善右衛門殿はこれまで杵屋を切り盛りしてこられた。町《ちょう》役人も務める、誰からも評価される大商人でございます。されど、神仏ではない。時には目算が狂うことだってあるものです。商いには往々にして目算狂いというものはあるのではございませんか。今回のこと、ご子息の善太郎《ぜんたろう》に商人としての目ができたことを不幸中の幸いと喜ぶべきです。つまり、善太郎の成長というものを考えれば、不謹慎なことながらこれは奇禍となることではありますまいか」

「確かに、そんな風に考えれば」

善右衛門は少しだけ頬を緩めた。それから、

「蔵間さまはお元気でいらっしゃいますか」

「いたって元気です。飯などはわたしよりも沢山食べることもあるのですよ」

源太郎は明るく答えた。

「いや、今日は元気付けられました」

「勝手なことをべらべら話してしまいました。それだけのことです」

新之助は照れ笑いを浮かべた。

「源太郎さま、蔵間さまにお茶でも飲みにまいられるようお伝えくださいませ」

「確かに伝えます」

源太郎はにこにこと返した。

善右衛門は源太郎と新之助の分まで銭を払い幾分か元気になって歩き去った。

「いろんなことがございますね」

「まったくだ。それにしても、商いというのは難しいものだな」

「その通りです」

「商人にとって、掛取りはまさしく我らにおける罪人の捕縛同様、洩らすわけにはいかないことだ」

「おっしゃることわかります」

「善右衛門殿、これで立ち直ってくれればいいのだが」

「大丈夫ですよ」

「そう思うか」

「きっと大丈夫です」

源太郎は自信満々である。

「ならば、町廻りを続けるぞ」

「はい」

霞がかった青空に燕が気持ちよく泳いでいた。

四

その夕刻、源太郎は自宅に戻った。出迎えた久恵に、

「父上はお戻りではございませんか」

「まだ、お戻りになっていませんよ」

久恵はそれがどうしたとでも言いたげに小首を傾げた。

「いえ、そうですか」

源太郎は曖昧に言葉を濁しながら居間で座った。

「どうしたのですか」

「いえ、なんでも」

源太郎は島帰りの男が気にかかり不安を抱きながら湯屋に行くと出かけた。

それから四半時（三十分）ほどして源之助は帰って来た。いつものように久恵に迎えられ、居間に入ったところで、

「源太郎が気にかけておりましたよ。父上はまだお戻りではないのかと」

「ほう、あいつがな、何であろう」

「そこまで申しておりませんでしたが」

「何か悩んでおることでもあるのか、五年前に江戸を騒がせた逆袈裟魔がまたぞろ出没しておる。そのことか」

久恵に訊いたところで、家で御用の話をめったにしない源太郎である。答えられるはずはない。案の定、「さあ」と久恵が小首を傾げたところで源太郎が帰って来た。

「父上」

源太郎は源之助の顔を見るとほっとしたようにため息を吐いた。

「どうしたのだ」

源之助は首を捻るばかりだ。久恵は源太郎の様子を見て、自分が居ては邪魔だと思ったのか、そっと部屋から出て行った。

「父上、今日、島帰りの捨吉とか申す盗人と一緒でいらっしゃいましたね」

「そうだが……」

源之助は肯定しながらも源太郎の意図を読むように眉根を寄せた。

「盗人と一緒に何処へ行かれたのですか」

「盗人ではない」

源之助は釘を刺すように言った。

「どういうことですか」

「八丈島で罪を償ってまいったのだ。最早、盗人ではない」

「それはそうかもしれませんが、捨吉は一体、何をしに父上を訪ねて来たのですか」

「それは」

源之助はここで本当のことを言うべきか躊躇《ためら》った。が、源太郎にあらぬ心配をかけることはない。

「実は、捨吉がお縄になった盗みの一件につき再度探索することになった」

源之助は捨吉が自分を尋ねて来た経緯から船渡屋殺害の再探索を行うに至ったことを話した。

「すると、父上は寅五郎は濡れ衣であったとお考えなのですか」

「確信にまでは至らないが、その可能性は大きいと思う」

「なんと」

源太郎は戸惑いを隠せない。

「濡れ衣が晴れたところで寅五郎が生き返るわけではないが、寅五郎の母親も息子が成仏することを願っておる」

「そのために父上は探索をやり直しておられるのですか」

源太郎は納得したようにうなずいた。

「新之助には黙っておれ。新之助も五年前の一件には関わっておるからな。新之助に過去のことで気遣いをさせることはない」

「わかりました」

源太郎は晴れ晴れとした表情となった。

「町廻り、しっかりと行っておるようだな」

「それです。今日、杵屋の善右衛門殿に会いました」

「このところ足が遠退いておるが、お元気であったか」

「実は、大変に気を落とされておられました」

源太郎は善右衛門が掛取りで貸し倒れに遭ったことを話した。

「それはさぞやお力落としであったろうな」

「どうにか立ち直られましたが」

「そうであればいいのだが」

二十両の損は、金額の面では大したことはないにしても善右衛門の心には相当にこたえただろう。何か元気づけるようなことをしなくてはならないが。

――どうすればいいか――

思案に暮れる。

「父上、腹がすきました」

源太郎は胸のもやもやが晴れて空腹感を呼び起こしたようだ。

源之助は料理屋で食事をして腹が満ちていたが、ここは息子と一緒に食事をしたくなった。

「母上に食事の準備を頼んでまいります」

源太郎は足取りも軽やかに部屋を出た。

源之助は明くる七日に居眠り番で重三郎の訪問を受けた。

「まあ、どうぞ」

源之助は茶を用意した。裃《かみしも》姿の重三郎は憂鬱な顔のまま茶碗を口にあてがう。

「落ち着きませぬか」

「ああ、落ち着かぬ」

重三郎は当たり前ではないかという気持ちを言葉に込めていた。

「ですが、我らどうしようもございません」

「それはそうだが」

重三郎は目を落ち着きなくしばたたかせた。

「そんなに心配ですか」

「おまえはよく落ち着いていられるな。さすがは、鬼同心と呼ばれただけはある。大した肝の据わりようだ」

「わたしとて、落ち着いてなどはおりません。内心では心の臓がばくばくと鳴っております」

「そうは見えんがな」

「なにせ、この面相ですからな」

源之助がいかつい顔を突き出すと重三郎の顔がわずかに綻んだ。

ふと、思い出した。

「ところで、お父上は五年前の芝口船渡屋の一件の吟味に当たっておられましたな」

「父が……」

　重三郎はいぶかしんだ。

「寅五郎という盗人が船渡屋の主人を殺めた一件です」

「ああ、あれか」

「覚えておられますか」

「見習いとして父の近くで見ておっただけだが」

「あの時、お父上が吟味方であられました。吟味方としてあの一件の吟味を進められた」

「それがどうかしたのか」

「いつも慎重に吟味を進められた大野さまがあの一件に関しては、馬鹿に早急に事を決しておられました」

「そういわれてみれば確かに」

　重三郎は思い当たるように小さくうなずいた。

「五年前、わたしは今一度寅五郎のお取り調べをやり直してはと申し上げたのです」

「覚えておる。わたしは蔵間が父にそう訴えておるのを見ておった」

「いつものお父上なら、わたしの意見にも耳を傾けてくださったのですが。あの時ばかりは耳を貸してくださらなかった」

源之助は記憶の糸を手繰《たぐ》るように視線を這わせた。

「確かに、あの一件の吟味中、父は何か重苦しい表情を変えなかったな」

「一体、何があったのでございましょう」

「さあて」

「よく思い出してくだされ。お願いします」

「どうして今更そんなことを聞く」

重三郎はいぶかしんだが、

「まあ、おまえがそれほど気になっているのだ。ちょっと調べてみるか」

「調べる手立てはございますか」

「ある。父の日誌だ。父は筆まめな性質でな。日々のことを細々《こまごま》と日誌につけておった。日誌は書斎に仕舞われておる」

希望の光が差したような気がした。

「お手数をおかけします」

「なんの、今回はおまえに借りができたのだ。こんなことで返すことにはならないと思うが、調べてみようではないか。思えば、父の日誌など読んだことはなかった。読む気にはなれなかった」

　重三郎の心中を思えば当然のことと言えた。切腹したのだ。そんな非業の死を遂げた父の足跡をたどることはさぞや辛いに違いない。

「ま、いつまでもわたしは父の死から目をそむけるわけにはいかん。ここらで、父と向かい合うことをせねばなるまいて」

「申し訳ございません」

　源之助は大野の切腹に深く関わることを心から詫びた。

「やめてくれ」

　重三郎は顔を歪めた。

「しかし……」

「父は自分の意志で腹を切った。おまえがそのことをいつまでも引きずることはない。それに、過分な詫びは父の死を汚すような気がする」

　源之助はうなだれた。

「おっと、若輩が知ったような口を利いてしまったか」

　重三郎は微笑んだ。

　それから、

「ならば、今夕」

と、念押しして居眠り番から出て行った。

五

源之助と重三郎は芝神明宮にやって来た。重三郎は裃から羽織と袴に着替えていた。

二人が山門近くに歩いて行くと一人の侍が近寄って来て、

「こちらへ」

と、耳打ちをした。

源之助と重三郎は黙って侍の後に続いた。侍は無言で門前町を抜けて行く。重三郎は頼りなさそうな眼差しを源之助に向けてきた。源之助は唇を引き結んだ。

侍はやがて書物問屋に入った。そして、階段を指差す。どうやら、階段を登れということらしい。

源之助は重三郎と顔を見合わせていたが、源之助が先に階段を登り始めた。重三郎も続く。

階段を登り切ったところで、

「ようこそ、おいでくだされた」

藪中が待っていた。

源之助と重三郎は神妙な面持ちで座った。

「身代金の受け渡しの場所は連絡ございましたか」

重三郎が問いを重ねる。

「ござった」

「どちらでござる」

重三郎は半身を乗り出した。

「この先にある無人寺だ」

「悪党どもは何人でございますか」

「それはわからん」

「では、ともかく我らも」

重三郎は源之助を見る。源之助も力強くうなずいた。

「いや、それには及ばん」

「どういうことでございましょう」

源之助が聞いた。

「当家にて対応することにした」

「ですが」

「いや、当家で十分である。ですから、まことに勝手ながらお引取りいただきたい」

「それはどういうことでござる。藪中さまは我らに助勢を求められたではございませんか」

重三郎が問い質《ただ》した。

しかし、藪中はそれには答えようとはせず、懐から紫の袱紗包みを取り出した。それを重三郎の前に置く。

「些少ではあるが、お手数をおかけした礼である。収めてくだされ」

「頂けません」

重三郎は袱紗包みを藪中の方へ押しやった。

「遠慮は無用」

「遠慮ではございません。河内守さまがかどわかされた。その手助けを我らに要請された。わたしと蔵間は金銭欲しさにお引き受けしたのではござらん」

「それはそうでござろうが、これは我らの気持ちでござる」

「それより、どのようなことになったのか、それをお聞かせくだされ」

重三郎は引く気はないといった態度だ。

「それは、後日お話し致そう」

藪中は袱紗包みを置き、立ち上がった。

「藪中さま」

重三郎は訴えかけた。

「御免」

藪中は無視して足早に立ち去った。その後ろ姿を重三郎は黙って見送っていたが舌打ちをして膝を崩しあぐらをかいた。

「なんだ」

重三郎は呆れたようにため息をついた。それから袱紗包みを広げる。そこには、小判の紙包みが四つあった。一つ二十五両である。

「百両ある。すごいな。話を聞いただけで百両、いや、口止め料ということか」

「そういうことのようですな」

「ならば」

重三郎は半分の五十両を源之助に渡した。

「わたしは不用でございます」

「遠慮はいらん、受け取れ」

「遠慮ではございません」

すると、重三郎の目は険しくなった。

「わたし一人にこの一件を負わせる気か」

「いえ、そういうわけでは」

「ならば、受け取れ。このこと、わたしとおまえの胸の中に収めるにはそうするしかないのだ」

源之助は五十両を受け取った。

大金を得たものだ。

何に使うかあてはないが、今後、影御用を遂行する上で金があるに越したことはない。

「だが、一体、どうしたのだろうな」

重三郎に言われなくてもそれは源之助とて同じことである。

「河内守さまはお戻りになられたか」

「そうではございますまい。無人寺で金を渡すと申しておられました」

「そうであったな」

重三郎は苦々しげな顔である。

「行ってみますか」

源之助はニヤリとした。

「無人寺にか」

「そうです」

「う〜ん」

重三郎は考え込んだ。が、すぐに、

「よし、行ってみるか。このままでは腹が収まらん」

「そうですな」

源之助も腰に大刀を帯びた。


二人は書物問屋を出て、藪中から聞いた無人寺へと向かった。

無人寺は廃墟と化していた。月明かりに藪中の姿が浮かんでいる。藪中は野原と化した境内の真ん中に立った。手には大きな風呂敷包みを持っていた。あの中に千両という身代金が入っているのだろう。

やがて、五つ半の鐘の音が聞こえた。すると、廃墟と化した庫裏《くり》から男が現れた。

男は縞の着流しに茶の献上帯を締め、髷を鯔背《いなせ》銀杏《いちょう》に結っていた。

その男は縄で縛られ、縄の先を一人の侍が持っている。

「あれ、河内守さまですかね」

源之助が囁いた。

「あのように町人に身をやつしておられたのだな」

重三郎は感心するも呆れるも半々といった状況である。

「そのようですね」

「他に人はおらんか」

「いや、わかりません」

境内の中では、

「千両は用意した。殿を解き放て」

藪中が言う。

侍は大刀を抜き、知安の縄目を切った。

「よし、千両だ」

と、藪中は風呂敷包みを侍に渡した。

「殿、ご無事で何よりでございます」

藪中が言ったところで、境内が騒がしくなった。と、思ったら、数人、いや、十人余りの侍たちが境内に雪崩《なだ》れ込んで来た。彼らは藪中と知安を囲む。

ここで知安が、

「馬鹿め」

と、哄笑を放った。それは夜空を震わせるような甲高い笑いだった。

藪中が、

「出会え！」

と、叫ぶ。

すると、境内のあちらこちらに伏せていた何十人という侍たちが、殺到した。たちまち、境内は修羅場と化した。

「おのれ」

「諮《はか》ったな」

そんな怨嗟の声が満ち満ちる。

「馬鹿な奴らだ」

知安は輪から離れた。

「殺すな」

知安は命じた。

「かしこまりました」

藪中の指揮の下、覆面の侍たちは次々と捕縛された。

重三郎は源之助に向いた。

「かどわかしは狂言だったのか」

「そうでしょう。河内守さまは反対派を一掃するためにこんな芝居を打ったということでしょう」

「河内守さまというお方、恐ろしいお方だな。それにしても、昨夕、藪中さまはそのようなこと毛ほども申されておられなかったが」

「昨晩、おそらく、河内守さまから連絡があり、かどわかしの意図がわかったのでしょう」

「そういうことか」

重三郎は狐に摘《つま》まれたように呆然と成行きを見守った。

「さて、河内守さまに拝謁をされましょうか」

「そんなことをして大丈夫か」

「まさか、我らまで斬ることはないでしょう」

「そうだろうが」

重三郎は不安そうだが、源之助は既に境内に足を踏み入れた。

第三章　濡れ衣探索

一

境内は騒動が落着し、騒ぎが嘘のように静まり返った。

春の夜にしては生暖かい風が源之助たちを包み、夜桜でも愛《め》でたい気分にさせられる。知安は藪中を従え立っていた。源之助は重三郎と共に境内を横切り、二人に近づいた。藪中が厳しい目を向けてくる。

「無用と申したはずだ」

藪中は居丈高《いたけだか》な物言いをした。ところが知安は、

「町方の者どもか」

と、気さくに声をかけてくる。重三郎は片膝をついた。源之助もそれに倣《なら》う。

「今回のかどわかし、その真実の姿をお話しくださいませんか」

　重三郎が訊いた。

「だから、それは無用のことであると申しておろうが」

　藪中は語気を荒げた。それを知安は面白そうな顔で見ている。

「早く立ち去れ」

　藪中は取り付く島もない態度だ。重三郎が苦々しげに唇を嚙んでいると、

「河内守さまの並々ならぬご手腕にわたくしども、感服仕りました。この上はその鮮やかな企て、何卒ご教授くださりますようお願い申し上げます」

　源之助は知安に訴えかけた。

　知安の頰が綻んだ。横でいきり立っている藪中を脇に退《の》かして、

「よくわかったな。そうとも、今回のこと、藩内に巣食う余に楯突く者どもをおびき寄せ、そして一網打尽にせんとの企てであったのだ」

「お見事でございます」

　源之助は心底から感心したように声を張り上げた。知安は己が策略を賞賛され、すっかり気を良くしたようで饒舌になった。

　知安は妙法寺に参詣をすると、そこで、いつものように着替えをすませ、寺を抜け

た。そして、懇意にしている商人の家に隠れ、そこから、自分が誘拐されたと文を書いた。

さらには、翌日になって受け渡しの場所を指図した文も発したが、この時、藪中にわざと反対派にもこのことが伝わるように工作させた。

「まんまと罠にかかりおったわ」

知安は愉快そうに笑った。

藪中は渋い顔でそれを聞いていた。それを知安はからかうかのように、

「藪中め、肝を潰しおった。何せ、初めは余が単に行方が知れずとなっていたのだからな」

「はあ」

藪中は言葉少なに戸惑うばかりである。

「お陰で、おまえたちまで引っ張り出されたというわけだ」

知安は愉快そうに笑った。

この殿はなるほど才気溢れるかもしれない。だが、人の心というものはおそらくわからないだろう。

――貴人に情なし――

とかく、高位に生まれ育った者は下の者の気持ち、苦しみ、悲しみなどはわからないものだ。

大道寺知安はその典型のような気がしてならない。

まるで、今回のことも遊戯のように楽しんでいる。いや、知安にとっては遊戯なのではないか。そう思うと、胸に苦いものがこみ上げた。それは、重三郎も同じ思いとみえ、怒りのためか肩が小刻みに震えていた。

重三郎は、

「蔵間、わたしは、この金、返すぞ」

源之助に異存があるはずがない。懐から五十両の紙包みを取り出し重三郎に渡した。

「この金、お返し致します」

重三郎は藪中の前に自分と源之助の金を置いた。藪中は、

「それはよい」

知安も、

「苦しゅうない、受け取れ」

「何の働きもしておりません」

重三郎が毅然と返した。

「余が認めたのだ。遠慮致すな」

知安はまるで餌でも与えるかのようだ。重三郎が悔しげに歯嚙みをした。源之助は、

「殿さま、我らにも意地というものがございます。何の働きもしていないのに、このような大金を受け取るいわれはございません」

「いやだと申すか」

知安の目が尖った。

「町方には町方の意地というものがございます」

「無礼者!」

藪中は自分の存在を誇示するかのように大きな声を上げた。

知安は表情を消した。月明かりに映るその顔は氷のような冷たさをたたえていた。

そして、片膝をつく源之助の前に立つと大刀を抜き放った。刀身が月光を弾き、背筋も凍るような魔物と化した。

そして、源之助めがけてさっと振り下ろされる。源之助は避けも逃げもせず、知安を見上げていた。大刀の切っ先が源之助の眉間の寸前で止まった。

一陣の風が雑草を揺らし、艶めいた風が全身にまとわりつく。

それを切り裂くように知安の哄笑が響き渡った。知安はひとしきり笑い終えてから、

「座興じゃ、座興」

と、大刀を鞘に戻した。

横で凍りついたように動かなかった重三郎がふうっとため息を洩らした。

「おまえ、名はなんと申す」

知安は問うてきた。

「蔵間源之助と申します」

源之助は知安の射すくめるような視線をしっかと受け止めた。

「蔵間源之助な、よし、覚えた。百両は預かっておれ」

と、藪中に命じた。藪中は頭を下げ、百両を懐中に戻した。

知安は悠然と立ち去った。その後ろを藪中がおっかなびっくりに従う。

二人がいなくなったところで、

「破天荒な殿さまだったな」

重三郎は草むらにあぐらをかいて苦笑いを浮かべた。

源之助も苦笑を洩らしながら、

「あれでは、家臣は大変だ。御側近くに仕える者どもは苦労なさるでありましょうな」

「宮仕えは辛いものだ。もっとも、こんなことを申してはなんだが、我ら町奉行所の役人にとって御奉行はずっと戴くものではない。役目を終えられれば転任なさる。ところが、大名家というものは、殿さまがお亡くなりになるか、ご隠居なさるまではお仕えせねばならん」

重三郎はよほど悔しいのだろう。さかんに愚痴を言った。

「同じ武士とはいえ、お大名と我らでは住む世界が違うということだ」

源之助とて腹が立ったが、重三郎の無念さを宥めに回った。

重三郎はひとしきり愚痴ってから、

「そうだった。意外な事の成り行きにすっかり忘れてしまったが、これをな」

と、懐中から一冊の冊子を取り出した。

「これは」

源之助が受け取ったところで、

「父の日誌だ。わが屋敷を訪れた来客を中心に記されている。五年前の寅五郎の前後も記されてあるはずだ」

「ありがとうございます」

源之助は静かに頭を下げた。

重三郎はそれでも憂さが晴れないようで、

「このまま帰る気はせん。一杯飲まんか」

源之助とてさすがに今晩は飲みたい気持ちになった。


二人は芝口まで戻ったところでまだ灯りが灯っている縄暖簾に入った。

「さあ、飲むぞ」

重三郎は言うや銚子をどんどん空けていく。

それを眺めている源之助に向かって、

「なんだ、飲まんのか、遠慮するな、今晩はおれの奢りだ」

「頂いております」

実際、源之助も控えめながら猪口を重ねてはいた。

「まったく、我ら町方の役人を愚弄しておる」

重三郎はいかにも不満そうな顔で鬱憤を晴らすかのように猪口を重ねた。そして、そのうち酔いつぶれるようにして小机に突っ伏した。

源之助はしばらくそれを眺めていたが、やがて重三郎から渡された大野清十郎の日誌を開くと、天井から吊り下げられる八間行灯の頼りない灯りでなんとか字面を追い始めた。

日誌は大野らしい几帳面な文字が並べられていた。

頁を捲る。

その日あった出来事が淡々と綴られているだけだ。寅五郎の一件も何時捕縛され、吟味はいつ、裁許がいつ出されたという事実のみが書かれてあった。

重三郎の話では大野は寅五郎の吟味について不満を抱いていたというが、それについては何も綴られていない。

「やはり、何もなしか」

源之助は呟いた。

それから、

「おや」

と、呟く。

逆袈裟魔のことが記されていた。

そうだった。五年前に出現した逆袈裟魔は船渡屋の一件と同時期だった。南町が血眼を上げて追い、源之助たちも本格的に探索に乗り出そうとした矢先に忽然と姿を消した。

あれから、五年。

今頃になってまた現れるとは、いささか因縁めいたものを感じる。

女中が近づいて来て申し訳なさそうに、

「あの、そろそろ看板なんですが」

周囲を見回すと源之助と重三郎の他には誰もいない。

「わかった」

日誌を閉じようとした時、来客の項目に恵那藩大道寺家留守居役藪中の名があった。

寅五郎の裁許の前日である。

——偶然か——

そうは割り切れない。

思案しようとしたが、女中が帰ってくれと目で訴えてくる。

源之助は重三郎の肩を叩いた。重三郎は何事か喚き、そして目をこすりながら立ち上がると、

「帰るとするか」

と、勘定をすませた。

二

明くる八日の朝、源之助の元を捨吉が尋ねて来た。捨吉は遠慮がちに居眠り番に入って来ると、

「わかりましたよ」

と、笑顔を向けてきた。

源之助がおやっとした顔を向けると、

「船渡屋が大名屋敷に出入りするきっかけとなったのは、五年前、恵那藩大道寺さまが初めてだそうです」

やはりかという思いが源之助の胸を突き上げた。

「どうかなさいましたか」

捨吉はいぶかしんだ。

「いや、何でもない」

源之助は話の続きを促した。

「当時大道寺のお殿さまは御老中さまでいらっしゃいました。ですから、その御老中

さまのご紹介ということで、船渡屋はお大名家に商いを広げていったのだそうです。それが、偶々《たまたま》、松之助が死んで今の茂兵衛になってからというんですから、茂兵衛がやり手だと評判が高まったのも無理からぬことなんですよ」

「おまえ、よく、そこまで調べたな」

「必死でしたよ。船渡屋の周辺を嗅ぎまわっておりました」

「危ない真似をするなと言ったはずだぞ」

「多少、危ない橋を渡らなきゃ、何もわかりませんよ」

「それはそうだが」

源之助は言葉を曖昧に濁した。

「ですから、大道寺さまと関わりがあるんじゃねえかと思いますよ。蔵の中にいた侍というのは大道寺家のご家臣なんじゃござんせんかね」

源之助もそれが臭いと思う。だが、ここは慎重にせねばならない。返事をしないでいると、

「旦那、聞いてるんですかい」

捨吉は源之助の肩を揺さぶった。

「聞いてるよ」

「なら、今度は大道寺さまを調べるとしましょうや」

捨吉はいかにも簡単に言う。

「調べるにしても相手は大名だ。慎重に対処せねばなるまいて」

「相手がゆくゆくは、御老中にもなろうってお方じゃ手も足も出ないということですか」

捨吉はいきり立った。

「そういうことではない」

昨晩のことがある。迂闊に動いては昨晩のことの意趣返しと思われるかもしれない。そうなれば、重三郎にも迷惑が及ぶだろう。

「どうしたんですよ」

はっきりしない源之助に捨吉は焦れた。

「どうもせん、慎重にと思っておるのだ」

「旦那、あっしゃ、気に食わねえ」

捨吉はあぐらをかいた。その所作は五年前のやくざ者に戻ったようだ。

「気に食わねば、勝手にしろ」

売り言葉に買い言葉。大道寺知安に対する鬱憤を捨吉に向けてしまった。捨吉は顔

を真っ赤にし、

「わかった。もう、頼まない」

と、勢いよく立ち上がった。

――いかん――

自棄を起こさせてはまずい。

「まあ、待て」

源之助は呼び止めた。

「とにかく、あっしゃ、このままではすませませんからね」

「だから、待てというのだ」

源之助も腰を上げた。

「御免なすって」

捨吉は出て行った。

「待てと申すに」

源之助は追いかけたが捨吉と入れ替わるように、

「昨晩は飲みすぎた」

と、重三郎が入って来たために追いかけることはできなかった。

「ずいぶんと過ごされたようでしたが」

「正直言って二日酔いだ」

「ここでお休みになってはいかがですか」

「少しばかりそうさせてもらうか」

重三郎はさすがに寝そべることはなかったが、あぐらをかき、胸焼けがするのか不快な顔で茶を飲んだ。捨吉からもたらされた大道寺家と船渡屋の繋がりを話そうか躊躇った。

踏ん切りがつかないうちに重三郎は舟をこぎ始めた。居眠り番らしい長閑《のどか》な一日が始まった。


源之助は昼九つ半を過ぎ、奉行所を後にした。捨吉のことが気になったが、まずは杵屋に足を伸ばすことにした。源太郎から聞いた善右衛門の苦境が案じられる。

そう思って杵屋にやって来て暖簾を潜ると、

「いらっしゃいまし」

と威勢のいい声に迎えられた。

善右衛門は奥の帳場机に座って算盤を弾いていた。いつもなら、客が入って来れば真っ先に挨拶を送ってくるのが、今日ばかりはうつむいたままお義理に、「いらっっしゃいませ」と口を動かしたに過ぎない。手代が源之助が訪問したことを耳打ちし、やっと源之助に気がついて顔を上げた。

「お忙しいですか」

源之助は気さくに声をかける。

善右衛門は引き攣った笑みを浮かべながらやって来て、

「いいえ、そんなことはございません。さあ、どうぞ」

と、源之助を店の裏手にある客間に案内した。

「お邪魔します」

源之助は腰から大刀を鞘ごと抜いて善右衛門に続いた。

客間に入ったところで、

「源太郎さまからお聞きになられましたか」

善右衛門ははにかんだようにうつむいた。

「わたしも耄碌しましたよ」

「善太郎はそのことを責めておるのですか」

源之助は遠慮がちに訊いた。

「そうではないのです。むしろ、善太郎はわたしのことを気遣ってくれるのです。おとっつあん、商いにはこういうことはつきものだ、などと申しましてね」

善右衛門は寂しげな表情を見せた。

「それはよかったとは申しませんが、善太郎もずいぶんと成長したものではございませんか」

「それはそうなのですが、どうも」

善右衛門は肩を落とした。

「お寂しいようですな」

「まあ」

善右衛門の気持ちはなんとなくわかるような気がした。息子の成長を喜ぶ親としての気持ちと、掛取りに失敗したという商人としてのしくじりの気持ちが入り混じっているに違いない。また、それを庇ってくれる善太郎の気遣いには感謝するものの、素直に喜べないのは商人の意地だろう。

源之助は苦笑を浮かべてしまった。自分も大道寺知安に意地を感じた。お互い歳を取ったものだという思いに駆られた。

「どうも、わざわざ、わたしのしくじりのことを心配してくださり、畏れ入ります」

「こんなことを申すのは慰めにはならないと存じますが、いつまでも引きずらないことです」

「ありがとうございます」

善右衛門が言ったところで、

「ただ今、戻りました」

と、善太郎が風呂敷包みを背負って戻って来た。善太郎は毎日、得意先周りと新規の得意先を獲得するために奮闘をしている。今日も風呂敷に杵屋の雪駄や草履、下駄を包み、一日中外回りをして来たに違いない。

「一件、ご新規が取れそうだよ」

善太郎は顔を輝かせながら入って来た。すぐに源之助に気がつき、

「これは蔵間さま」

「元気そうだな」

「身体が丈夫なのが取り柄ですからね」

善太郎は満面を笑みにした。

「いや、なかなかどうして、近頃では商売の方がすっかりうまくなっておるそうではないか。今日も新規に得意先が獲得できたのだろう」

「それはそうですが、それは何もわたしの力ではございません。杵屋の暖簾のお陰でございます」

善太郎はちらっと善右衛門を見た。善右衛門は複雑な表情になった。

「言うことまでずいぶんと大人びてきたではないか」

源之助は大きな声で笑った。

「毎日、懸命に働きますと飯が美味くてかないません」

「それは何よりだ」

「ごゆっくりなすってください」

善太郎は店に向かった。

「善太郎、日々、頼もしくなりますな」

「まあ、そうですかな」

善右衛門の顔は父親としての喜びと商人としての衰えを混じらせていた。

三

翌九日の朝、源太郎は新之助と共に芝口にある汐留橋《しおどめばし》の橋桁に死骸が引っかかっているという報せを受けた。

二人が駆けつけると河岸に亡骸《なきがら》は打ち上げられていた。橋の上は野次馬が押し寄せ、通行に支障ができているほどだ。

「こら、こら、見世物じゃねえ。早く行った、行った」

大きな声で野次馬を立ち退かせている男がいる。縞柄の袷《あわせ》を尻はしょりにして、紺の股引《ももひき》、右手の十手《じって》を頭上に掲げている姿は岡っ引そのものだ。役者のような男前のその男は京次《きょうじ》、かつて源之助が手札を与えていた。

京次は源太郎と新之助に気がつくと、目で合図をしてきた。一緒に河岸に下り、亡骸を検《あらた》める。筵《むしろ》が被せられたその亡骸から筵を京次が取る。

源太郎は思わず息をすうっと詰めた。いつまでたっても、亡骸を検めるというのは嫌なものだ。

源太郎が思わず視線をそらしてしまったのに対して新之助は堂々たる態度で視線を集中させた。

すると新之助の口から驚きの言葉が洩れた。

「捨吉……」

源太郎もこれには驚きの顔をして、

「捨吉ですか」

と、そらした視線を亡骸に戻した。亡骸は仰向けに倒れている。左の脇腹から胸に刀傷が斬り上げられていた。

「むげえもんだ」

京次が言った。

「一刀の元に斬られているな」

新之助は亡骸を検めた。源太郎も側に跪《ひざまず》き、様子を見る。

「侍の仕業ということになりますね」

京次が言う。

「そういうことだな」

新之助は言いながら着物を検めた。ぐっしょりと水を含んだ着物の懐、袂を探る。巾着《きんちゃく》があった。

それを引っ張り出す。

「こら、重いな」

新之助は言いながら巾着を引っ張り出した。中を検める。

「小判の紙包みが二つ。五十両だ」

新之助は小判を取り出した。新之助は小判を河岸に置いた。源太郎が勘定を始めた。

「五十両、島帰りの捨吉が持っているにしては大金ですね」

「怪しいな」

新之助は苦虫を嚙んだような顔になった。

「殺されたのはこの金を取るためだったのですかね」

「下手人は金を奪おうとして斬りつけた。ところが、捨吉は斬られた拍子に欄干から落ちてしまった、ということか」

捨吉の顔の痣《あざ》は落下した時の傷に間違いなさそうだ。

新之助は京次に、

「蔵間殿に報せてくれ。捨吉は数日前、蔵間殿を尋ねておった」

と、命じた。

「承知しました」

京次は急ぎ足で立ち去った。

「一見すると、辻斬りの仕業とも考えられる。しかもこの刀傷。まさしく逆袈裟だ」

新之助は考え考え言う。

「例の辻斬り、逆袈裟魔ですか」

「そうだ。この鮮やかな手並みを考えると、逆袈裟魔の線は消えない。しかし、凶行に及んだのは逆袈裟魔としても、島帰りの捨吉がこんな大金を持っていたことが気になる」

「そうですね。逆袈裟魔は金銭には無頓着、己の腕を楽しむかのような行いです。ですから、捨吉が五十両得たことと殺されたこととは繋がりがないのかもしれませんが、気になるところですね」

源太郎は自分の考えを整理するかのように嚙んで含んだような物言いをした。

「いずれにしても、捨吉が大金を得た理由、蔵間殿なら心あたりがあるかもしれん」

「そうですね」

「よし、自身番に亡骸を運ぶとするか」

「わかりました」

源太郎は芝口の自身番へと向かった。

源之助は居眠り番に出仕をすると、捨吉のことが気になった。昨日はあやふやな雰囲気のまま別れてしまった。

なんだか、胸騒ぎがする。

やはり、もっときつく注意をしておけばよかった。捨吉が暴走をしていなければいいのだが。

今日はこっちから捨吉の所を尋ねてみようか。

そう思い腰を上げたところで、

「失礼します」

と、京次の声がした。

「おお、入れ」

京次の顔を見ると胸の中のもやもやが薄らいだ。

「蔵間さま、捨吉が殺されました」

「ええっ……」

源之助はしばらく京次の役者のような顔を見つめた。京次と捨吉が結びつかない。

それだけではない。

捨吉が殺された……。

一体どういうことだ。

次第に、事の重大さが胸に押し寄せた。

「何時、何処で、誰に」

そう口走ると大刀を摑んで勢いよく立ち上がった。

「今朝、芝口の汐留橋の橋桁に引っかかっていたのが見つかりました。ばっさり斬られています。下手人は例の逆袈裟魔なのではないかと」

「ともかく、行く」

嫌な予感が的中した。

捨吉は探索をしているうちに殺されたのではないか。

いや、そう考えるのはいかにも早計だ。

芝口一丁目までの道々、源之助は京次から捨吉が五十両という大金を持っていたことを聞かされた。

源之助はすぐに五十両と寅五郎の一件を結びつけた。捨吉は島帰りだ。そんな大金とは縁がないはずだし、五十両を得る稼ぎがおいそれとあるはずがない。

そんなことが脳裏をかすめると源之助は昨日のことを悔やんでも悔やみ切れない思いに駆られたのだ。

そんなことから源之助は無口になった。京次が話しかけてきても生返事をするばかりだ。芝口一丁目の自身番にやって来ると、腰高障子を開けた。すぐに源太郎が出迎

えた。新之助も、

「ご足労をおかけします」

と、頭を下げる。

「捨吉は」

聞くまでもなく、土間に捨吉の亡骸が横たえられていた。

「なるほど、これは相当な腕のある侍の仕業だな」

源之助はすぐに刀傷を検めた。

「これまでの辻斬りのやり口と同じです」

新之助の口ぶりは下手人は逆袈裟魔と呼ばれる辻斬りと思って間違いないと告げているようだ。

「下手人は逆袈裟斬り魔と思って間違いないとしましても、どうも気になるのはこの金です」

新之助は巾着を源之助に渡した。源之助はそれが京次が言っていた五十両であるとわかったが念のために確かめた。

すると紙包みがあった。それを見た時、

――これは――

自分と重三郎が渡された五十両と同じ紙包みだ。あれは、大道寺家からもらったものだ。まさか、捨吉は大道寺家の藩邸に行き、この金を脅し取ったということか。捨吉のような島帰りの男が大名屋敷に行ったとしても中に入れられるはずはないし、ましてや、藩邸で話などできるはずはない。

だから、短絡的にこの五十両を大道寺家の五十両と結びつけていいものではない。それに、今、この場でそれを話すことにも抵抗がある。自分だけではなく、重三郎も関係しているからだ。

「蔵間殿を捨吉が尋ねて来ましたね、あれは何故でございますか」

「あれは、五年前の一件だった」

源之助は捨吉が寅五郎の濡れ衣を晴らしたいから尋ねて来たということを明かした。

「わたしは、捨吉の熱意にほだされて助力をしたのだ」

「なるほど」

新之助はふむふむとうなずいた。

「父上……」

源太郎はそんな源之助の行動を非難するかのように目をぱちぱちとしばたたいた。

親子の間に気まずい空気が流れたのを気にかけるように新之助が話題を変え、

「聞き込みをしましたところ、捨吉らしき男が船渡屋の周りをうろうろしたり、船渡屋について嗅ぎまわっているってことが浮かび上がりました。昨晩も船渡屋から出て来たところを目撃されております」

やはりだった。捨吉は自分が止めるのも聞かず、船渡屋を探ったのだ。

源太郎が、

「捨吉は船渡屋を出ると近くの縄暖簾に寄ってそこで看板まで飲んでいます。豪勢な肴で飲み食いをした後、汐留橋を渡ったところで斬られたということです」

「これは船渡屋を当たってみる価値はありそうですね」

新之助は源之助に了解を求めるかのように視線を向けてきた。

「わたしもそう思う」

源之助は一も二もなく賛同した。

「ならば」

新之助が源太郎を誘おうとしたが、

「いや、ここはわたしが行ったほうがよかろう」

源之助は当然のごとく申し出た。

源太郎はやや不満そうにしたが、

「差し出がましいとは思う。だが、この一件はなんとしてもわたしの手で落着へと導きたいのだ。捨吉はわたしを頼ってまいった。わたしはそれを引き受けたのだ。それが、こんなことになってしまった。捨吉の無念を思うと、どうにもやり切れん！」

源之助は珍しく気持ちを高ぶらせてしまった。それは源太郎とてもこれまでに目にしたこともない父の姿である。

「わかりました」

源太郎も父の姿に並々ならぬ意気込みを感じたようだ。

「新之助、奉行所の秩序破りなのは承知だ。すまぬが」

「それ以上は申されますな」

新之助は笑顔を送った。

「では、まいるぞ」

源之助は言うと新之助も表情が輝いた。源太郎はそんな父の後ろ姿を見送った。すると、源之助は源太郎と京次を振り返って、

「浅草並木町の長屋にお吉という女が住んでいる。そのお吉は五年前に刑死した寅五郎の母親だ。捨吉はお吉のために寅五郎の濡れ衣を晴らそうと思っていたのだ。だから、捨吉が死んだことを報せてやってくれ」

「承知しました」

源太郎が答え京次も何度もうなずいた。

四

源之助は新之助と共に船渡屋にやって来ると先日と同じ部屋に通された。

茂兵衛は今日も忙しげにあちらこちらの奉公人に小言を言いながら入って来た。

「ああ、忙しい」

そう言って座る様子はいかにも迷惑そうだ。

「今日は何のご用向きですか」

いきなり用件を切り出した。その愛想のない態度に多少の腹も立つがそれは無視して、

「今朝の殺しの騒ぎを存じておろう」

源之助は穏やかな物言いながら目にはしっかりと力を込めた。

「辻斬りがあったそうですね」

茂兵衛はいかにも関心がなさそうだ。

「殺されたのは捨吉という島帰りの男、心当たりはないか」

茂兵衛の目はわずかにしかめられた。それを見逃さず、

「ありそうだな」

源之助は畳み込んだ。

「さて、そんな名前の男」

茂兵衛は惚けるように横を向いた。

源之助はここで舐められてはならじの思いが突き上げた。

「捨吉はこの店を嗅ぎまわっておったのだ。おまえ、そのことを知っているだろう」

源之助のいかつい顔が歪んだ。凄みのある目で睨むと茂兵衛は口をはぐはぐとさせた。

「どうなんだ」

すると茂兵衛はしゅんとなった。それから、

「お許しくださいまし」

と、両手をついて何度も頭を下げる。態度を一変させる有様は、源之助はこれまでに数え切れないくらい見てきている。強気を装っている者ほど、やましいことを抱いている者ほど、それを悟られまいと強気に出たりするものだ。だが、そうした連中ほ

ど、一旦、崩れてしまうともろいものだ。

「確かに捨吉という男がまいりました。昨日の夕暮れのことでございます。追い返そうと思ったのですが、あんまりしつこく、居座ろうとするので話を聞いてやりました」

新之助は源之助を見ている。源之助は厳しい目を茂兵衛から外さずにいる。茂兵衛は蛇に睨まれた蛙のようにおずおずと、

「捨吉は五年前の盗人騒ぎを蒸し返しました。それは物凄い勢いでした。捨吉は寅五郎という盗人が旦那さまを殺したのではないと喚きたてたのでございます。そして、事もあろうに、殺したのは大道寺さまのご家来衆だとも申されました」

と、ここまで話した茂兵衛の額にはじっとりと汗ばんでいた。

横で新之助がはらはらとした表情となったのを源之助は目で制し話を続けさせた。

「わたしは、当然、そんな出鱈目《でたらめ》を、と相手にしませんでした。すると、あの悪党は」

茂兵衛はここで悔しそうに唇を噛んだ。

「どうした」

問いかける源之助の口調は柔らかだった。

「捨吉はそれなら、このネタを持って瓦版屋を回ると言いました。きっと、飛びつく瓦版屋がいるだろうと。そうなれば、船渡屋の看板にも傷がつく、それだけですまない。大道寺さまのお立場も悪くなると申しまして、散々に脅されたのでございます」

茂兵衛は身体を震わせた。

「金を渡したのか」

「仕方ございませんでした。五十両を渡したのでございます」

「捨吉はそれで納得をしたのか」

「はい、それはもう大喜びで帰りました」

源之助は怪訝な顔をした。

捨吉は寅五郎の無念を晴らしたかったのではないのか。それが、五十両は大金とはいえ、それで済ませるというのはどういうことなのだ。

「話はそれだけでございます」

「おまえ、それで済むと思ったのか」

横から新之助が口を挟んだ。

「と申されますと」

「相手は島帰りの男だ。また、脅されると思ったのではないのか」

「その恐れはあると思いましたが、わたしも夢中でございました。ただただ、この男を追い払いたいという一心でございましたので」

「今後の脅しを考えれば、口封じということも」

新之助はここで言葉を思わせぶりにつぐんだ。

「まさか、わたしが捨吉を殺したとでも」

「まあ、そんなことはないと思うが、念のために昨晩はどこにおった」

「家から一歩も出ておりません」

茂兵衛は疑われたことがいかにも心外だとばかりに頬を膨らませた。

「しかと間違いないな」

「ございません」

茂兵衛は言葉に力を込めた。

不意に源之助は、

「近頃、大道寺さまに百両ご用立てしたことはないか」

茂兵衛の目が泳いだ。それから、

「そんなことするはずがございません」

「そうか、ならばいいのだがな」

源之助は腰を上げた。

「わたしは何か罪に問われるのでございましょうか」

茂兵衛はおずおずと聞いてきた。

「いや、そんなことはない。もし、おまえが話したことだけであったのならな」

「もちろんでございます」

茂兵衛はこれまでのしおらしい態度は何処へやら、またしても険のある男になっていた。

「お役目ご苦労さまでございます」

茂兵衛は慇懃無礼を絵に描いたような態度で言った。

源之助と新之助は表に出た。

「嫌な男でございますね」

新之助は露骨に顔を歪めた。

「陰険だ」

源之助も心の底から応じた。

「ともかく、捨吉が五十両を持っていたことはわかりましたね」

新之助は言った。

だが、源之助はいま一つ割り切れないものを感じていた。

果たしてそうだったのだろうか。

捨吉は脅し目的で行ったのか。寅五郎の濡れ衣を晴らしたかったからではないのか。

「いかがされました」

新之助は源之助の浮かない表情を見て気になったようだ。

「捨吉は寅五郎の濡れ衣を晴らすことを誓っていた。それが、茂兵衛の話ではまるでごろつきのやっていることと変わらないではないか」

「まあ、そうですがね。ですが、捨吉が茂兵衛から五十両を得たことは事実なのですから」

「それはそうだが」

「どうしたのですか、蔵間さまらしくないですよ」

「いかんな」

源之助は反省するように額をぽかんと叩いた。

五

源太郎と京次はお吉の家に向かった。お吉は源之助が言ったように浅草並木町の長屋に住んでいた。

京次が、

「御免よ」

と、引き戸を開けた。

女が一人座っていた。京次と源太郎を見ておやっという顔になった。

「お吉だな」

源太郎が尋ねる。

「そうですけど」

お吉はこっくりとうなずいた。目で何の用だと訊いてきた。

「捨吉のことを知ってるな」

源太郎の問いかけに、

「知ってますけど、……」

お吉は戸惑い気味に視線を揺らすばかりだ。

「死んだ」

「ええ」

「殺されたのだ」

「まあ」

お吉は口をあんぐりとさせた。

「とにかく、これから芝口の自身番まで一緒に来るのだ」

「でも……」

お吉は気乗りしないようだ。

「どうした、行くぞ」

源太郎に急かされようやくのことで腰を上げた。それはいかにも大儀そうだった。

源太郎は京次と顔を見合わせ苦笑いを交し合った。

源之助は新之助と共に自身番に戻った。それからしばらくして、お吉が源太郎と京次に伴われてやって来た。

「お吉、残念なことになった」

源之助が声をかけると、
お吉は悲しみというよりは浮かない表情を浮かべていた。

「まあ、手でも合わせてやってくれ」

源之助に言われお吉は捨吉の亡骸の前に跪《ひざまず》いた。それから両手を合わせ冥福を祈った。

「身寄りのない捨吉だ。このままでは無縁仏として無縁寺に葬ることになる。おまえや寅五郎との縁もある。ここは、おまえ、弔ってやってはくれぬか」

お吉は肩を震わせていたが、きっと源之助をふり返り、

「冗談じゃござんせんよ」

それは死者を前にしてはいささか冒瀆《ぼうとく》とも取れる、不遜な物言いだった。

「なんだい、なんだい、さっきからよ」

京次が堪忍袋の緒を切らせた。

「なんですよ」

お吉は言い返す。

「だって、こいつは、あんたの息子を兄貴と慕っていた男なんだぞ。今度、島から帰ってあんたの息子の濡れ衣を晴らすために、文字通り命を張ったんだ。それを、おま

えは、さっきから、まるで他人事《ひとごと》のようだ。それでも血が通っているのかい」

するとお吉は益々、大きな声で笑い、

「わかってませんね。お役人さま方は。いいですか。あたしは、寅五郎の母親なんかじゃございませんよ」

「なんだと」

声を上げたのは源之助である。

「ですから、わたしは寅五郎とは縁も所縁《ゆかり》もないんです」

「だって、捨吉が……」

「それは、捨吉さんがいい儲け話があるから乗らないかって持ちかけてきたんですよ」

お吉はあっけらかんとしたものだ。

「ならば、捨吉はわたしを欺いておったのか」

源之助は信じられない思いで視線を泳がせた。

「そういうことですよ。捨吉さんは自分一人が掛け合ったんでは、話に乗ってくれないかもしれないから、わたしは寅五郎の母親ということにすれば、説得できるって。その方が蔵間さまは情にもろいところがあるから、絶対にいけるっておっしゃいましたよ」

「なんと」

源之助は唇を噛んだ。

「ふざけるな」

京次が怒鳴った。

新之助も、

「おまえたちは、よくも愚弄してくれたものだな」

「そんなこと、わたしたちもよくないですけどね、騙される方も騙される方ですよ」

お吉はぬけぬけとしている。

「なるほど、そうかもしれん」

源之助は薄く笑った。

「それで、何かわたしは罪に問われるんでしょうか」

「おまえな」

新之助は源之助の気持ちを慮り、苦渋に満ちた顔になった。

「捨吉は寅五郎の濡れ衣を晴らすんではなかったというのか」

源之助が訊いた。

「それは」

お吉は源之助の射すくめるような目から逃れるようにうつむいた。

「どうなのだ」

源之助はお吉の両肩を持って強く揺さぶった。その取り乱した姿は源之助の熱意の表れでもあったが、

「蔵間殿、まあ、ここは」

新之助は放ってはおけず、間に入った。源之助も落ち着きを取り戻し、

「わたしを偽ったということだな」

「そうです」

お吉は視線をそっぽを向いたまま答えた。

「まこと、寅五郎の母親ではないのだな」

「ありません」

「旅人宿で流した涙はそら涙と申すのか」

源之助は目に力を込めた。

「はい」

お吉の声はしぼんだ。

「しかと相違ないな」

源之助はまだ納得できなかった。剃刀で自害をしようとしたのは芝居らしくはあったが、その芝居を打たせたお吉の涙、あれは、まさしく母親の流したものだった。

そう思ったからこそ自分は寅五郎の無実を晴らすことを引き受けたのだ。

自分の目が狂っていたということか。

八丁堀同心としての勘働きが鈍ってしまったということか。

自分の衰えを認めたくないのではない。

あれは、確かに息子の無念を晴らそうという母親の姿に他ならなかった。

そう信じたい。

しかし、目の前に突きつけられた現実は源之助を嘲笑《あざわら》うかのようだ。

「あたしは嘘をついたんです。蔵間の旦那を騙した悪い女なんです」

お吉の証言は益々源之助をみじめな気持ちにさせた。

源之助はお吉を見た。

お吉は源之助を拒絶するように硬く唇を引き結んだ。

尚も諦め切れない源之助に新之助が小さく首を横に振って見せた。

源之助も唇を嚙み、それ以上の追及は諦めることにした。

「捨吉さんは、満更、知らない仲じゃござんせんから、亡骸はあたしが引き取ります」

お吉はそれが源之助を欺いたことの罪滅ぼしであるかのように言った。

「そうしてくれ」

新之助もやっと緊張が取れたように表情を緩ませた。

源太郎が大八車に捨吉の亡骸を積み込むよう手配した。

「捨さん、こんな姿になっちまって」

お吉の目から涙が溢れた。

それは決してそら涙ではない。捨吉とは源之助を担いで船渡屋から金をむしろうとしたとしても、多少の情愛はあるということか。だとしたら、それがせめてもの救いである。

「供養の足しにしろ」

源之助は二分金を一枚、懐紙に包んでお吉に手渡した。

お吉は両手で丁寧に受け取った。

第四章　禁じ手

一

組屋敷に戻ってからも源之助は元気がない。

食欲もなく、飯を一膳も食べられないまま、ため息混じりに食事を終えた。久恵が心配顔で、

「どこかお身体の具合がよろしくないのではございませんか」

「いや、別段、悪くはない」

源之助はぶっきらぼうに返す。源太郎は黙っていた。

「無理なさらないでくださいね」

「無理などするわけがなかろう。暇な部署なのだからな」

　久恵のいたわりにもからんでしまう。久恵は口応えせずに居間から出て行った。我ながら大人気ないと思ったところで、

「父上、あまり、気持ちを乱されますな」

　言葉をかけてきた源太郎の表情は、源之助の言動を非難しているようだ。当然であろう。何も久恵に当たることはないのだ。

「みっともなかったな」

　源之助にしては珍しく源太郎の前で反省の言葉を口にした。

「父上、若輩のわたしが申すのはなんでございますが、今回の一件、いつまでも引きずるのはよくないと存じます」

「わかっておる」

　その通りだ。だが、それができれば苦労はしない。

「それならよいのですが。今回のことは、父上に非はないのです。悪いのは父上のお心を利用して、踏みにじった捨吉とお吉です。父上は同心としての正義感に動かされてなさったのです」

「それはそうだが、情に流されてろくに下調べもせずに捨吉の話に乗ってしまったことはわたしの責められるところだ」

「しかし……」

源太郎は尚も源之助を弁護しようとした。息子から慰められるほど、自分がみじめになっていく。

――善右衛門殿もこんな気持ちであったのか――

期せずして、自分も影御用をしくじった。善右衛門同様人を信用し、その挙句がこれだ。

善右衛門は善太郎から非難されるどころか、慰められ、それによって気持ちがかえって沈んでしまったのだ。自分も同じ思いだが、ここは源太郎の好意を受け入れるべきだ。

それがせめてもの息子に対する意地というものだ。

「源太郎、気遣いはありがたくもらう」

源太郎は顔を輝かせた。

自分の敗北を受け入れてみると、ずいぶんと気が楽になったような気がする。すると、暗闇の中から、大きな問題が浮上してきた。

「船渡屋の主人を殺したのは誰であったのだろうな」

それは我知らず、口からつい出た台詞《せりふ》だった。

源太郎ははっとしたように顔を向けてきた。

「船渡屋の主人を殺した真の下手人は誰であったのか」

「ですから、それはやはり寅五郎であったのですよ」

「果たしてそうであろうか」

源之助は大きく首を捻る。

「そうに決まっています。捨吉は脅しの材料欲しさに……」

「違う！」

源之助は鋭い声を浴びせた。源太郎は気圧《けお》されるように口を閉じた。

「下手人は蔵の中にいたという侍だ。そして、その侍は大道寺さまの御家中」

「いや、それは……」

「だからこそ、茂兵衛は捨吉に五十両もの金をやったのだ」

「一応は筋は通っていますが。しかし、大道寺さまとなると」

「相手が悪いということか」

「まあ、その」

「だからこそ、わたしの出番となるのではないか」

「父上、まさか、本気で大道寺さまの御家中を探ろうとおっしゃるのではございませんか」

「わたしは本気だ。おまえが、心配するのは当然だろうが、ここはわたしの好きにさせてもらう」

「なりません」

「いや、やる」

「おやめください」

「黙れ、若造、と言いたいところだな」

源之助は怒鳴りつけたくなる衝動を誤魔化すため大きな声を放って笑った。

源太郎が顔をしかめたところで、久恵が戻って来た。

「ずいぶんとお具合が良くなられたようですね」

「ああ。元気満々だ」

源之助がにこやかに返したのに対して今度は源太郎が顔を曇らせた。


明くる十日、源太郎と新之助は出仕するや筆頭同心緒方小五郎に呼ばれた。

「逆袈裟魔、どうなっておるのだ」

緒方の声は苛立が滲んでいた。温厚な緒方にしては珍しいことだ。それだけ、逆袈裟魔の一件が深刻な問題となっているということだろう。

「未だ、行方がわかりません」

「昨日も犠牲者が出たそうではないか」

新之助はうなだれた。源太郎も横でうつむいている。

「下手人の見当もついておらんのか」

源太郎には源之助が見当をつけた恵那藩大道寺家のことが思い出されたが、ここでそれを言うことは憚られた。

「御奉行も大層心配しておられる」

緒方は言いすぎたと思ったのか、怒りを引っ込めた。

「まことにもって、申し訳ございません」

新之助が頭を下げる。

「ともかく、一刻も早い捕縛を頼む」

緒方はゆっくりと立ち去った。新之助は渋い顔で、

「まいったな」

「申し訳ございません」

「おまえが悪いのではない。わたしが不甲斐ないのだ」

新之助は自分の肩を叩いた。

源之助の言葉が脳裏を過《よぎ》る。

「どうした」

「父が申しておったのですが」

「蔵間殿が……」

新之助は小首を傾げる。

「父は船渡屋の一件、捨吉の一件、そして辻斬りを結びつけて、大道寺さまの御家中が怪しいと睨んでおるのです」

「大道寺さまか」

新之助は渋面《じゅうめん》を作った。

「父は大道寺さまを探るつもりでおります」

そう聞いても新之助は驚かない。きっと、源之助ならそうするはずだと思っているのだろう。源太郎の方が心配になってきた。

「このままでよろしいのでしょうか」

「蔵間殿を止めることはできんが。それを聞いて放っておくわけにもいかんな」

新之助は詰所から出た。源太郎もついて行く。

二人は源之助の居眠り番までやって来た。

「失礼致します」

新之助が声をかけたが、源之助の返事はない。二人は顔を見合わせた。次いで、新之助が勢いよく引き戸を開ける。

「しまった」

源太郎は顔をしかめた。

中はも抜けの殻《から》だった。


源之助は芝にある大道寺家の上屋敷へと足を伸ばした。裏門で素性を名乗り、留守居役藪中勘太夫への取り次ぎを依頼する。

しばらく待たされてから源之助は屋敷内に入れられた。といっても客間に通されたわけではなく、勝手口から身を入れ、台所に隣接する殺風景な六畳間だった。日当りが悪く、じめじめとしたその部屋はまるで座敷牢のようだ。

そこで源之助は茶の一杯も出されることなく、待たされること半時余りが経ったところで、ようやくのことで廊下に足音が近づいてきた。いくら名門大名家の留守居役であろうと人を見下すのもいい加減にしてもらいたいものだ。

腹立ちに胸を掻き毟《むし》られながらもぐっと怒りを飲み込む。

「待たせたな」

の、一言もなく藪中は部屋に入って来た。そしてぶっきらぼうに、

「何用であるか」

という言葉を投げてきた。破裂しそうになる怒りを抑えるために深呼吸をして、

「ちとばかり、いや、大いに気になることがございましてまいりました」

「やはり、五十両が欲しいと申しに来たのか」

藪中の蔑《さげす》みの目に源之助はついに怒りを爆発させた。

「馬鹿になさるな。わたしは、これでも、北町奉行所の同心。畏れ多くも公方《くぼう》さまのお膝元、江戸の市井《しせい》を守る職務に身を捧げております。この十手は伊達ではございません」

源之助は十手を差し出した。

藪中の視線が泳いだ。さすがに、己の言い過ぎと思ったのか口元を緩め、

「無礼は許せ。ならば、承《うけたまわ》ろう」

と、威儀を正した。

二

「五年前の船渡屋の主人殺し、並びに無宿人捨吉殺し、さらにはこのところ頻発しております逆袈裟魔についてでございます」

源之助は穏やかな口調ながらしっかりと己の主張をする。

藪中は静かに源之助の言葉を引き取り、

「それが、当家とどう関わるのでござろう」

「わたしは、船渡屋の主人殺し、無宿人捨吉殺し、そして逆袈裟魔は大道寺さまの御家中の方と思っております」

源之助は平然と主張した。

藪中は冷ややかな笑みを浮かべ、

「貴殿、自分が申しておることとわかっておろうな」

「もちろんです」

「それは北町奉行所の考えか」

藪中の目は尖っている。

「あくまでわたし個人の考えです」

「ほう、そうか。ずいぶんと無礼なことを申すものよ」

藪中は呆れたとでも言うように声を放って笑った。殺風景な部屋には藪中の哄笑がやたらと耳についた。ひとしきり笑い終えたところで、

「帰れ」

と、不気味なくらいに低い声を出した。その一言を発したことで怒りに火がついたようで、藪中の顔は真っ赤になり、目は血走った。これ以上、何を言っても怒りに火をそそぐだけである。

源之助は腰を上げ、

「ならば、これにて」

「申しておくが、今の貴殿の言葉、わしの胸に留めておこう。貴殿には借りがあるのでな。本来ならこの場で斬るところだ。今日のところは帰してやろう。だが、今後の出方次第ではただではおかん」

藪中はねめつけてきた。

源之助はそれには答えずに踵を返すと六畳間を出た。そのまま無言で台所を突っ切る。

源之助が勝手口から外に出たところで、

「塩を撒け」

背後で藪中が騒ぎ立てた。

奉公人らが突然の藪中の剣幕に右往左往していると藪中は、

「不浄役人に穢《けが》された。清めよ」

と、急き立てた。

奉公人たちは戸惑いながらも塩を撒き始めた。藪中はそれでは気が収まらないようで、

「貸せ」

と、自ら塩の入った壺に手を突っ込むと、塩を握り締め、源之助めがけて投げつけた。源之助は背中や肩、さらには髪に塩を浴びせられながら台所を追い出された。

出たところで、土蔵を改造したような建屋がある。そこから数人の奉公人が膳を運び出していた。

どうも気になる。

近づいてみると、何やら雄叫《おたけ》びが聞こえた。武者窓から中を覗くと中は三十畳ばかりの板敷きになっており、そこで知安が木刀を手に一人の侍と対している。背中を向

けているため侍の顔は見えないが、叫び声はこの男から発せられていた。知安も侍も白の胴着に紺の袴を身に着け、稽古とは思えない緊迫した空気が漂っていた。

殿さま相手にも遠慮のないその態度は侍が剣術の指南役かと思ったが、それとは違う雰囲気が二人の間にある。

食い入るように見学をしていると、

「さっさと出て行け」

またも、藪中の怒声と共に塩が飛んできた。源之助はほうほうの体《てい》で大道寺家の上屋敷を後にした。

裏門から出たところで、

「父上」

「蔵間殿」

源太郎と新之助に遭遇した。

「なんだ」

源之助は羽織を脱いで付着した塩を掃《はら》った。それから背中を向け、

「すまんが、ちょっと掃ってくれ」

源太郎は戸惑いながらも、

「どうしたのですか」

と、髪に付いた塩を掃った。

「見ての通りだ、塩を撒かれた」

源之助はばつの悪さを誤魔化すように笑い声を放った。

「無茶をなさるからですよ」

源太郎は呆れ顔である。

「相手は譜代名門だ。多少、無理せずば、探索などはできん」

「それで、何かわかったのですか」

新之助が訊いた。

「わからん、突っぱねられた」

成果なきことで落ち込まないよう声を励ました。

源太郎は心配そうに顔をしかめた。源之助は源太郎の肩を叩き、

「まあ、塩を撒かれたくらいですんだのだ。首はこの通り胴体と繋がっておるではないか」

「まったく、無茶をなさる」

新之助は心配顔である。

「まあ、よいではないか」

源之助は一向にめげないでいる。

「蔵間殿はまことに大道寺さまの御家中に逆袈裟魔がいるとお考えか」

「いかにも」

「逆袈裟魔を大道寺さまの御家中と決め付けていいのでしょうか」

源太郎は疑問を投げかけた。

「逆袈裟魔の探索、夜回りを強化しても雲を摑むようだ。ここは何かに目をつけることも一つの手立てだ。わたしは大道寺家に狙いをつける。おまえたちは、他を当たるがよい」

源太郎はそれでも不満顔だったが、

「わかりました。くれぐれもご用心ください」

新之助に源太郎は袖を引かれたためそのまま引き下がった。

源之助は新之助、源太郎たちと別れた。

別れてから気になるのは大道寺家の上屋敷で見た建屋だ。大勢の人間が膳を運び出していた。

ひょっとして、知安と敵対した側室の子、和明か。それを閉じ込めているということかもしれない。

そんなことを考えながら歩きだすと、不意に背中に視線を感じた。

雪駄を脱いで、履き替える振りをして背後を窺う。行商人風の男と深編笠を被った侍がいた。

――どっちだ――

と、思いながら腰を上げた。

侍も行商人も源之助について来た。源之助は大名屋敷が建ち並ぶ往来を足早に進み、やがて野原に出た。

そこで、

「とう！」

侍が斬りかかってきた。

源之助は振り向きざま左足を引き、大刀を抜くと侍の一撃を受けた。次いで間髪《かんはつ》を入れず、袈裟懸けに斬り下げる。

侍の深編笠が切り裂かれた。その隙間から侍の顔が覗いた。

見覚えのある顔。

そう、まさしく大道寺知安だった。

「さすがは蔵間源之助、よき腕をしておるな」

知安は大刀を鞘に収めた。

「殿さま、悪戯《いたずら》が過ぎましょう」

源之助も苦笑を浮かべながら大刀を鞘に戻した。

「大したものだ」

知安は賞賛を重ねた。

「わたしをつけて来られたのですか」

「そうだ」

知安は切り裂かれた深編笠を脱ぎ、宙に放り投げた。笠は霞がかった空に弧を描き草むらを転がった。

「おまえを藪中が塩を撒いて追い払ったであろう」

知安はけたけたと笑う。

「すっかり嫌われたようでございます」

源之助は顔をしかめて見せた。

「どうしたのだ」

「捨吉という島帰りの男殺しはこのところ江戸を騒がせております逆袈裟魔の仕業、そして、五年前の船渡屋の主人殺しも同一人。そして、それは大道寺さまの御家中の仕業と思いそれを藪中さまにぶつけました」

こうなったら、直接藩主にぶつけてみた。

「ぬけぬけと申しおるは」

知安はからからと笑った。

「わたしは本気でございます」

「で、大道寺の家中とおまえは申しておるが、その大道寺の家中でも余こそが全ての下手人と思っておるのではないか」

知安は笑っていなかった。

「そうなのですか」

源之助は静かに問い返す。

「そうとしたらどうする」

「当然、罪の報いを受けていただきます。御奉行に上申《じょうしん》し、殿さまが罪を償うよう致す所存でございます」

ここは引いてはならない。

「おまえなら、そうするであろうな」

「殿さまの仕業なのですか」

源之助は知安の目を見た。知安は源之助の視線を外さず、

「余ではない」

と、はっきりと言った。

「しかと相違ございませんな」

「相違ない。武士に二言《にごん》はないぞ」

「失礼申し上げました」

その態度からは嘘をついている素振りはない。

「よし、余への疑いが解けたところで、まいるか」

「はあ、どちらでございますか」

「江戸を散策だ」

「また、そのようなこと。藪中さまがお聞きになったら肝を潰されますぞ」

「今日一日くらい大丈夫だ。おまえと一緒に江戸を散策する。町方の役人と一緒なら安心だからな」

「まことよろしいのですか」

源之助はこの破天荒な殿さまに興味を抱いた。

無人寺で遭遇した知安は才覚走った怜悧な印象だったが、間近で言葉を交わしてみると不思議な人間味を感じる。

案外と親しみやすいお方なのかもしれない。

三

源之助は好奇心を疼《うず》かせ、知安と共に江戸の市井《しせい》に身を投じた。

様子を窺う源之助を横目に知安は大手を振って出雲町、尾張町、新両替町と続いて行き、京橋川を渡る。益々、江戸の賑わいを目の当《ま》たりにすることができた。

「寿司を摘むぞ」

知安は寿司の屋台の暖簾を潜る。印半纏《しるしばんてん》に腹掛けという職人らしき三人が幅を取りながら大威張りで寿司を食べている。屋台の隅で店者《たなもの》風の男が肩身を狭そうにしていた。

知安はいきなり、職人風の男を肘で押し退《の》け、

「さっさと食べて、さっさと退け」

突然に乱入してきた侍に目を剝いていた職人たちだったが、気を取り直して、

「なんだと、二本差しだからって大きな顔をするんじゃねえ」

職人の一人が知安を睨む。

「おまえたちが邪魔だと申しておる」

知安はひるむどころではない。源之助は間に入ろうと思ったが、知安の対応に興味が湧いた。まずいことになるのなら、その時は放ってはおけないが、今は知安のお手並み拝見である。

「表へ出ろ」

職人は怒鳴りつけた。

「おまえたちが表に出ればよいのだ」

知安はからかうかのようだ。それから、職人の一人の胸を押し、

「さっさと出ろ」

と、屋台から突き飛ばした。職人はもんどり打って往来に転倒した。

「野郎」

残る二人は往来で面子《めんつ》を潰されたと思ったのか顔から湯気を立てんばかりの勢いだ。

「よし、腹ごしらえだ」

知安は大刀を鞘ごと抜いて屋台に預けると指を鳴らしながら表に出た。

何時《いつ》の間にか騒ぎを聞きつけた野次馬が群れていた。

「この三一《さんぴん》」

職人二人は大きな声を上げる。

「侍が怖くて寿司が食ってられるか」

一人が威勢のいい啖呵《たんか》を切った。

「よし、こい」

知安は両手を広げた。一人がまず突進した。それを知安ははっしと受け止め、上手投げに投げ飛ばした。もう一人が続いて拳を握り締めて殴りかかった。

知安は相手の脇腹に拳を打ち込んだ。相手は白目をむいて倒れた。

野次馬たちから歓声が上がった。知安は悠然とした様子で、

「やっと、寿司が食べられるな」

と、言い放つと暖簾を潜った。屋台の主人が手を揉みながら迎える。源之助も横に立った。

「騒がせたな」

知安は快活に主人に語りかけた。

「性質《たち》の悪い連中でして、へへへ」

主人は知安に感謝した。

「まあ、成行きだ」

知安は別段誇ることもなく返した。それから、江戸前のネタで寿司を握ってもらうと知安は美味そうに頬張る。源之助も付き合いでいくつか握ってもらった。

ひとしきり、食べてから知安は銭を払う。源之助の分も出そうとしたが、それは丁重に断った。

知安は慣れた所作で暖簾で手を拭い表に出る。

「さて、これから、どうする。なんだか、喧嘩をしたせいで、血が騒いで仕方ないな」

知安はあっけらかんとしたものだ。

「まさか、喧嘩をして歩くわけにはまいりませんでしょう」

源之助は軽口を叩く。

「それは、そうだが、そうであっても余はよいぞ」

知安は晴れ晴れとしている。

「ご冗談はおやめください」

「余が冗談ですませると思うか」

知安は思わせぶりである。

「いや、ご冗談はおやめなされ」

「だから、冗談ではない」

知安は語調を強めた。

源之助は思案の後、

「では、その高ぶった血を鎮《しず》めにまいりましょうか」

「ほう、そのような場所があるのか」

知安は好奇心に顔を輝かせた。

「いざ」

源之助は急ぎ足で歩き始めた。

「何処だ」

知安は好奇心が募ったのか横に並んだ。

「一緒に来てくだされわかります」

「ずいぶんと思わせぶりだな」

「そんなに遠くではございません」

源之助は日本橋の雑踏を歩いて行く。知安も町人たちの中に身を投じることに何の躊躇《ためら》いも抱いてはいない。それどころか、時折すれ違う町娘をからかったり、飴売りや甘酒売りの呼声に耳を傾けたりして江戸の市井を楽しんでいた。

今川橋を神田方向に歩き、やって来たのは神田川に程近い神田小柳町一丁目である。

そこに町道場があった。

中西派一刀流宗方彦次郎《むなかたひこじろう》道場だ。中西派一刀流は防具を身に着け、竹刀《しない》による打ち込み稽古を行っている。

このため、型だけを行う他の流派とは異なり、実戦的な剣術の稽古を行うことができた。

「町道場か」

知安は道場を見上げた。

「ここの道場主とはいささか縁がございます」

「おまえとは好敵手ということか」

「そういうことでございます」

知安は得心がいったようにうなずくと木戸門を潜ろうとしたが、何かを思い出したように立ち止まる。

　黒板塀に沿って建つ町道場の武者窓の隙間から稽古の様子を窺い始めた。激しい竹刀の打ち合いに知安は興味をそそられたようで、

「中西派一刀流か」

「ご興味がございますか」

「防具を身に着けての打ち合い。なるほど、これなら、実戦に近い剣が使えるというものだ」

「やってみますか」

「そうだな」

　知安の頰は赤らんだ。

「ならば、ご案内つかまつる」

「ちょっと、待て」

「いかがなさいましたか」

　一瞬、知安が臆したのではないかと思ったが、そうではなく、

「余の素性を明らかにするな。遠慮はいらんということだ。つまり、道場の者どもに手加減させぬように致せ」

「わかりました」

源之助は言いながら先に立って木戸門を潜った。

すぐに道場に入る。

気合いの入った板敷きでの稽古が続き、見所《けんじょ》に道場主宗方彦次郎が座っている。源之助と目が合うと軽くうなずく。そして、知安に視線を移した。

源之助は目で、こっちに来るよう告げる。彦次郎は立ち上がり、きびきびとした所作で歩いて来る。

「こちら、さる、大名家のご重役だ。是非、中西派一刀流の稽古を経験したいと申されたため、ここにご案内した次第」

「ほう、それは、それは……」

彦次郎は興味津々の目で見返す。

「藪中と申す」

知安は咄嗟に留守居役の名を名乗った。彦次郎はうなずくと、

「藪中さまはどちらの流派を学んでおられますか」

「東軍《とうぐん》流を少々。よろしく願う」

知安は言った。

「では、こちらでお着替え頂きましょう」

彦次郎は玄関脇の小部屋に二人を通した。紺の胴着に二人は着替え、面、籠手《こて》、胴を身に付ける。

そして、竹刀を手に取ると、道場の板敷きに立った。それからおもむろに素振りを繰り返す。

「これはよい」

知安は心地良さそうだ。次いで、

「では、誰ぞと手合わせを」

道場を見回す。

「わたしがお相手を」

源之助が申し出たが、

「おまえとは後だ。その前に、二三人の雑魚《ざこ》とやる。腕慣らしだ」

知安は道場の中を見回した。彦次郎が数人の門人に声をかける。

知安の相手が決まった。

「いざ」

知安は竹刀を正眼に構える。

「とう！」

いきなり知安は竹刀を横に払う。相手はそれを受ける。竹刀がぶつかり合う鋭い音が発せられた。

それから、激しい打ち合いとなった。

知安の動きは軽やかで板敷きを滑るようにして動き回る。

しばらく打ち合いが続いた後、

「面！」

知安の鋭い気合と竹刀が面を打つ音が道場中に響き渡った。

「お見事」

思わず源之助は呟く。

四

知安はそれに応えることもなく、次の稽古相手を求めた。すぐに目についた門人を相手に稽古を挑む。

今度も素早い動きで相手をねじ伏せるようにして一本を取った。

源之助はそれをじっと見ていた。その動きには無駄がなく、日頃の精進ぶりを伺わせるには十分だ。

更に知安は相手を求め、稽古に邁進する。そして、ついには、

「蔵間、相手になろうぞ」

と、挑まれた。

源之助も一人の剣客として立会いがしたくなった。

「では、お願い致します」

源之助は静かに頭を下げた。

「いざ」

知安は甲高い声を発した。

見ず知らずの男が稽古に現れ門人たちを次々と打ち破っていく様を目の当たりにして、門人たちの間でざわめきが起きていたところだ。

この得体の知れない男が道場主である宗方彦次郎と五分の腕を誇る源之助を相手に竹刀を交えるとあって、門人たちは稽古の手を休め、遠巻きに見学を始めた。

知安は門人たちの注目を集めたことに気を良くしたのか、面越しに見える目元は綻んでいる。

「いざ」

源之助は竹刀を正眼に構える。

知安はいきなり、

「面！」

と、面打ちをした。知安の板敷きを進む足音、甲高い声音が道場を走る。門人たちの間から生唾を飲む音が聞こえる。

源之助はかろうじて竹刀で防ぐ。

知安は源之助の背後で素早く反転するやすぐさま胴を抜きに来た。

源之助はそこへ籠手を狙った。知安は素早く身を引く。

それから二人はしばらく相対したままじっと動かない。

今度は源之助が攻撃に出た。

「籠手、面！」

続け様に竹刀を振るう。

知安はそれを受ける。

二人は鍔《つば》競《ぜ》り合いになった。懸命に源之助は押す。知安も全身に力を込めた。二人は道場の真ん中で動かなくなった。

門人たちが息を詰めるのがわかった。

知安の額から汗が滴り、右の目に入った。その瞬間、知安の力が抜けた。

その機を逃さず、

「てえい！」

源之助は渾身の力を込めて押した。知安は後ずさりをする。源之助はそのまま押した。離れることなく押しまくり、知安の背中が板壁にぶち当たった。

そこで、源之助は引いた。

知安は肩で息をした。

「もう、お仕舞いですか」

源之助は声を放つ。

知安は返事をするのも辛そうだ。すっかり息が上がり、悔しげな目で源之助を睨んでいた。

降参を示すように竹刀を右手一本で持ち、だらりと下げた。

それを降参と思い、

「では」

源之助は一礼をしようとした。

と、次の瞬間、

「てえい」

知安は甲走った声を発したと思うと下げた竹刀を左手で持ち、斜め上に斬り上げるようにした。

源之助は油断をつかれ、胴を取られた。

「うう」

という悲鳴が上がることもあれば、

「なんだ」

という不満が滲んだ声が入り混じり、中には露骨に、

「卑怯なり」

と非難する者もあった。

しかし、源之助は素直に、

「参りました」

と、敗北を受け入れた。

知安は非難がましい言葉を発する連中に向かって、

「勝負には油断は許されん。相手が降参するか、竹刀を納めるまでは勝負は終っては

おらぬ」

「何を生意気な」

相手を大名とは思いもしない門人たちにはいきり立つ者もいる。

「わたしは間違ってはおらん」

知安はひるむということはない。

「おのれ」

怒り出した門人に向かって、

「やめろ」

源之助が間に入った。

「しかし」

尚もいきり立つ門人たちを彦次郎が止めた。知安は、

「汗を拭いたい」

と、平然たるものだ。

「では、井戸へご案内を致しましょう」

源之助は支度部屋に戻った。知安も部屋に入り、防具を脱ぐ。

「心地よい汗だ」

知安は源之助から教えられ、庭の井戸に向かった。源之助が案内すると言ったが、

「大丈夫だ」

と、一人で手拭いを持ち庭に向かった。源之助も支度部屋で一人座っていると彦次郎がやって来た。

「おまえ、わざと胴を打たせたな」

彦次郎は言った。

「そんなことはない」

源之助はそっぽを向いた。

「いや、おれの目はごまかせんぞ」

彦次郎は厳しい目になった。

源之助は苦笑を洩らした。

「どうしたのだ。わけは言えんか。ひょっとして役目に関わることか」

「まあな」

「ならば、訊くまい。だが、気になるな、あの技」

彦次郎は目を細めた。

「技……。おれの胴を抜いた技だな」

「そう、逆袈裟のようだった」

「まさしく、逆袈裟だ」

源之助の脳裏に殺された捨吉の刀傷や、犠牲になった者たちの逆袈裟に斬られたという話が過《よぎ》った。

「あれは東軍流帰蝶返し《きちょうがえし》」

彦次郎の目が光った。

「東軍流にそんな技があるのか」

「ある。禁じ手とされておる。つまり、大刀を鞘ごと抜いて右手に提げた状態から左手で抜き、逆袈裟に仕留める。敵意がないことを相手に報せておいてから、いわばだまし討ちにする業だ。禁じ手というのも当然だな」

彦次郎は淡々と述べ立てる。

「なるほどな」

これで納得できた。

というか源之助は慄然となった。知安はまさしく東軍流の使い手である。さっきの業は帰蝶返しに違いない。左手で逆袈裟に仕留める。

すなわち、逆袈裟魔。

「どうした、顔色が悪いぞ」

彦次郎は案じてくれたが、

「大丈夫だ」

「どこか具合でも悪くなったのではないか」

「心配は無用だと申しておる」

「ならばよいが。それにしても、東軍流帰蝶返しを使うとは。一体、何者だ」

彦次郎が興味を抱くのも無理はない。

「さるお大名の……」

「ご重役か。ふん、まあ、いいだろう」

彦次郎はそれ以上は追及してこなかった。

「すまんな」

「おまえのことだ。何か考えがあってのことに違いないさ。それより、珍しいものを見せてもらい礼を申す」

彦次郎はにっこり笑ってくれた。

源之助は自分も軽く流した汗をさっぱりとさせようと井戸端に向かった。知安は既に汗を拭い終わっていた。

「よき、汗を流した。支度部屋で待っておるぞ」

「まこと、怖れ入ります」

源之助は井戸端に立つと釣瓶《つるべ》から水を汲み上げた。盥《たらい》の水に手拭いを浸そうと身を屈めたところで背後から足音が近づいて来た。

「蔵間さま」

声をかけてきたのは彦次郎の妻亜紀《あき》である。盥の水面に亜紀のたおやかな面差しが浮かんだ。水面に揺れる亜紀は上品な笑みをたたえている。

「お邪魔しております」

源之助は立ち上がり亜紀に向いた。

「今、こちらにおられたお武家さま、蔵間さまがお連れになられたのですか」

それがどうしたというような疑問を目に込めた。

「いえ、なんとなく怖いお方のような気がしまして」

「どのように」

「ぞっとするような冷たい眼差しをしておられました」

「ほう」

源之助はそれには曖昧に言葉を濁す。亜紀はその源之助の反応に問うことを躊躇ったのか口を閉ざした。

それから話題を変えるように明るい顔をして、

「源太郎さま、近頃、めきめきと腕を上げておられますよ」

と、微笑んだ。

源之助の顔も綻んだ。

「そうですか。あいつも、このところ熱心に通っているようですな」

「それはもう」

亜紀はくすりと笑った。源之助には亜紀が笑った理由がはっきりとわかる。

昨年の秋、見合いをした南町奉行所同心矢作兵庫助《やはぎひょうごのすけ》の妹美津《みつ》に源太郎は認められたいのだ。美津は男勝りで源太郎よりも剣の腕が立つ。源太郎は美津に認められるべく懸命に稽古をしているようだ。

知安の秘剣を目の当たりにして寒々とした思いに包まれた源之助は息子の一途《いちず》さに心が和んだ。

「源太郎さま、思いが通ずるとよいですわね」

「まだまだですな」

源之助は自分のことのように照れ恥ずかしくなった。

すると、

「早くせよ」

知安が身支度を終え、道場から出て来た。亜紀は表情を消し知安に軽く一礼すると
そそくさと母屋に向かった。

源之助は手早く手拭いで汗を拭い、身支度を調えようと道場に戻った。

五

源之助と知安は表に出た。

知安の横顔は能面のような冷たさだ。源之助は知安を宗方道場に誘ったのは、知安の太刀筋を知りたかったのだ。

目的は達した。

夕風に吹かれながら歩き、

「殿さまの腕、お見事でございました」

知安はわずかに微笑む。

「一本、取られました」

「卑怯だと思っておるのではないか」

「思っておりません。殿さまが申されたように竹刀を置くまではまさしく勝負は続いておるのです。それをつかれたのはまさしくわたしの油断にございます」

「まこと、そう思うか」

「わたしはこれでも町方の同心でございます。決して、嘘は申しません」

「そうか。だが、武士たる者、時に人を欺くことも必要となる。武略というものだ」

知安は意気軒昂となった。

「ごもっとも」

「余はいずれ上さまより政《まつりごと》を任される身だ。上に立つ者は正直一徹だけでは通らぬこともあるのだ」

「雲の上のことはわかりません。ところで、わたしに胴を払った技、あれはどのような技なのですか」

知安の目が険しくなり立ち止まった。

「東軍流にはあのような技があるのですか」

源之助も足を止める。

「あれか」

知安は冷ややかな笑いを浮かべた。

「お答えいただけぬような技。秘密の技でございますか」

源之助が畳み込むと、

「いかにも秘剣にして禁じ手、帰蝶返しと申す」

知安はあっさりと、そして誇るように答えた。

「帰蝶返し……。まさしくその名にふさわしき秘剣でございました」

源之助も知安を見返す。

知安は源之助から間合いを取るや大刀を鞘ごと抜いた。

そして、

「てや」

と、左手で抜き放った。

知安の抜き身は雷光のごとく空気を切り裂いた。

そして、源之助と知安の間を飛ぶ紋白蝶の羽根がはらりと落ちた。

凄まじい太刀筋である。

まさしく、大道寺河内守知安こそが逆袈裟魔であることを如実に語っていた。

目を瞠《みは》る源之助に、

「いささか、座興が過ぎたな」

「まさしく、恐ろしい技でございます」

「だから、禁じ手だと申したであろう。この技を使うことなどはない」

「しかし、武略ということであれば……」

源之助は言葉を止めた。

「武略で必要となれば使うということか」

「いかがでございましょう」

「それは、その時にならねばわからんな」

知安は静かに抜き身を鞘に戻した。

「そうならぬことを願っております」

「ならばな」

知安はすたすたと歩きだした。

「お送り申し上げます」

「無用じゃ」

「しかし」

「まことよい。それより、今日は楽しかったぞ」

知安は急ぎ足で立ち去った。

夕陽を浴びて黒くなった知安の影が往来に長く引かれた。

大道寺知安、冷酷さと親しみやすさを合わせ持つ男。どちらが真の貌《かお》か。いや、どちらも知安なのだろう。

帰蝶返しという秘剣を身につけていることを含め、普通の殿さまではない。きっと、まだ自分に見せない貌を持っているに違いない。

その貌とは……。

逆袈裟魔。大道寺知安こそが、逆袈裟魔なのではないか。

源之助は背筋に冷たいものを感じた。


夕闇に一人残された源之助は京次の家に足を向けた。

京次の女房、お峰《みね》は常磐津《ときわず》の師匠をしている。源之助も居眠り番に左遷された当初は暇を持て余し、何か趣味を持たねばならないという義務感から、お峰について三味線を習おうとしたものだが、好きでもない稽古事を義務感から習ったとしても長続きがするはずもなく、三日坊主となってしまった。

格子戸を開けるとお峰の三味線の音色が聞こえてくることはなかった。それどころかどこか忙しげである。

源之助が玄関に立ったところで、

「おや、蔵間さま」

と、お峰がやがて気がついた。

「忙しそうだな」

「いえ、まあ、上がってくださいな」

お峰に言われ大刀を鞘ごと抜いて部屋に上がる。京次は目に緊張を帯びていた。

「どうした」

「それが、怪しい侍が見つかったんですよ」

「逆袈裟魔か」

源之助はどきりとした。知安のことが脳裏を過る。

「そうなんで」

「相手は……」

「向井《むかい》恭介《きょうすけ》という浪人者」

「浪人者か」

源之助は首を捻った。

「芝の裏長屋に住んでおります。左利きなんだそうですよ。左利きなら逆袈裟の太刀筋にはもってこいですよ」

「根拠はそれだけか」

「腕自慢でやくざ者の用心棒をやっておるそうです」

「この辻斬り、金目当てではないぞ。浪人者でよいのか」

「向井は金には困っていないそうです。やくざ者の用心棒として、なかなか稼いでいるそうで、向井は何しろ、腕自慢。それと、先祖伝来の胴田貫《どうたぬき》が自慢で酒が入ると、その胴太貫きを貫き放ち、自慢するのが常だとか」

京次は言った。

源之助は知安のことを持ち出すべきかどうか躊躇った。相手は大名だ。いくら、怪しい点が多々見受けられるからといって軽々しく言い立てることはできない。

それに、京次たちが目星をつけた向井のことも気にかかるところだ。

「で、これからどうする」

「つけますよ」

京次は言った。

「新之助と源太郎も一緒か」

「そうです」

京次は答えてから、

「蔵間さま、ひょっとして血が騒ぎましたか。いや、そうに違いない。図星でしょ」

ここは、向井が逆袈裟魔かどうか見極めたいところだ。

「まあな」

「蔵間さまのことですから、お引止めしても無駄でしょうね」

「まあ、そうだな」

源之助はニヤリとした。

すると、京次は心なしか顔を曇らせて、

「ところで、向井が逆袈裟魔かどうかを確かめるに当たりまして、囮《おとり》が必要ということになりまして、その囮と申しますのは……」

「源太郎か」

「そうなんです。あたしがなるって言ったんですがね、どうしても自分がなるって」

「よいではないか。それが役目というものだ」

源之助は本心からそう言った。

第五章　探索の壁

一

「蔵間さま、腹ごしらえをなさいますか」

「うむ、腹ペコだ」

知安と共に汗を流したせいか、ひどく空腹を感じた。

「蔵間さまにも握り飯だ」

京次が大声を放つ。

「はいよ」

お峰の小気味のいい返事が聞こえた。

すぐにお峰が大ぶりの握り飯と沢庵を添えて持って来た。

「これは、美味そうだ」

源之助は反射的に手を伸ばし一口食べた。程よく塩気が利いた味わいで、ろくに嚙みもせず喉に通した。まるで子供のようにむさぼり食ったものだから、たちまち喉につかえてしまう。それを見たお峰はくすりと笑い、

「そんなに急いで召し上がらなくても」

と、言いながら茶を差し出す。源之助はばつが悪そうに茶を飲み、

「ふう、助かった」

「お若いですね」

「みっともないところを見せてしまったな」

源之助の頰が赤らんだ。

「夜回りを前にその食欲はさすがですよ」

京次は満更世辞でもないようだ。

「食い意地が張っていると言いたいのだろうが」

源之助は苦笑いを浮かべた。

「お元気な証拠ですよ」

京次の言葉は慰めのようだったが、案外と本気そうなのか、自分の食の細さを恥じ

入るようにしている。握り飯一個を食べるのも辛そうにしている。

源之助は今度はゆっくりと食べようとしたが、食べ進むうちに速度が上がりあっと言う間に二個めを腹に収めてしまった。それから晴れやかな顔になって、

「さて、行くか」

源之助と京次が玄関に降りたところでお峰が、

「お気をつけて」

と、火打石で送り出してくれた。


源之助と京次は芝神明宮の鳥居にやって来た。

既に源太郎と新之助が待っている。二人は源之助の顔を見ても驚かず、それどころか新之助などはどこかうれしそうだ。源太郎は囮になるとあって、紺の着流しに菅笠を被っていた。

「油断するな」

源之助が声をかける。

「わかっております」

源太郎は表情を引き締めた。

「わたしと京次は向井恭介をつけます」

「ならば、源太郎にはわたしがつこう」

源之助は言った。

「わたしなら、大丈夫ですよ」

源太郎は胸を張って見せた。

「いや、そうはいかん」

「父上、本当に無用でございます」

源太郎はいかにも心外という様子だ。

「何も私情で申しているのではない」

源之助は声を大きくした。

「そんなにわたしは頼りないですか」

源太郎は不満を表すように口を尖らせた。

「そういうことではない。念には念を入れた方がよいと申しているのだ」

源之助は諭すようだ。

新之助が間に入り、

「まあ、よいではないか」

「しかし」

源太郎は口を尖らせる。

「今は争っている場合ではない」

新之助の言葉で源太郎は渋々言葉を引っ込めた。


新之助と京次は向井をつけ始めた。向井は芝口一丁目の縄暖簾に入った。新之助と京次も暖簾を潜る。

向井は入れ込みの座敷の真ん中にどっかと座った。周りの客たちは途端に口数が少なくなり、関わりを恐れるように少しばかり遠ざかった。

新之助と京次は座敷の端に座り向井の様子を窺う。

「何か食おう」

新之助が言うと、

「そうですね」

京次は浮かない返事だ。先ほど食べた握り飯がこたえている。向井の目を引かないように新之助は酒と肴を適当に頼んだ。向井は、

「丼だ、丼を持って来い」

と、大きな声を上げる。

誰も向井の方を見ようとはしない。店の主人は急いで徳利と空《から》の丼を持って来た。

向井は徳利を持ち上げ丼に注ぐ。

「左利きだな」

新之助が言う。京次はうなずいた。

向井は丼に注がれた酒をぐびぐびと飲み干した。

「どんどん持って来い」

向井は絶好調である。

新之助が、

「性質《たち》が悪いな」

「まったくですね」

二人は猪口を重ねるふりをした。向井は五合ほど飲みいい気分になったようだ。腰を上げ、

「つけとけ」

と、声を放つ。

主人がおっかなびっくりの様子で、

「向井さま、もう、ずいぶんと溜まっておるのです」

「うるさい」

「ご勘弁くださいよ」

「この向井恭介、逃げも隠れもせん」

向井は高笑いを上げると店から出て行った。主人は恨めしげな目を新之助と京次に向けてくる。きっと、新之助を八丁堀同心と見て、何もしてくれないのかと非難しているのだろう。主人が思い切った様子で代金の催促をしたのも、きっと、新之助をあてにしてのことに違いない。

新之助と京次にしてみれば、今ここで向井と面と向かい合うことは避けねばならないところだ。

そんな事情など知るはずもない主人はちらっと二人に非難の籠った目を向けてきて、口の中でぶつくさ言いながら背を向けた。

新之助は向井を追うべく紙入れから銭を取り出すと、主人の不満を少しでも和らげようと多めに置いた。

二人は暖簾を潜り店の表に出た。夜風が砂塵を舞わせ二人を包む。源太郎も新之助も右手を額に置き、庇のようにして向井に注意を向ける。

向井は楊枝を口に咥え、懐手にして夜道を歩き始めた。新之助と京次は間を取って追跡をする。

源太郎は菅笠を目深《まぶか》に被り、夜道を歩いた。源之助はつかず離れず、後を追う。芝神明宮の周り、なるべく人気のない所を歩いた。時折、木陰からにゅっと出る人影に驚く。夜鷹である。

そうして一時ほども歩いた。煌々と降り注ぐ月光が怪しく周囲を照らし出していた。と、そこへ、小走りに近寄る足音がした。源太郎は思わず立ち止まった。源之助も視線を凝らす。

それは京次だった。

京次は源太郎の側に立った。源之助も近くまで行く。

京次は声を潜ませ、

「向井は家に戻りました。今、家の中で酔い潰れています」

途端に緊張の糸が切れたようだ。

「なんだ」

源太郎は石ころを蹴飛ばした。

「今晩は帰りますか」

京次は言った。向井を逆袈裟魔と決め付けている。知安の帰蝶返しを知らない二人には無理もない。

「そうだな」

源太郎は一旦承知したが、

「念のためだ。わたしはもう一回りしよう」

それから京次に、

「ちょっと、遠回りをして帰る」

「なら、あっしはこれで」

京次はどうも腹の具合が悪いようだ。向井が活動を起こさない以上、今晩の役目は終わったと考えている。

源太郎は源之助に向き、

「父上もお帰りください」

「いや、わたしはまだよい」

「大丈夫ですよ」

源太郎は言うと再び菅笠を被り芝神明宮に向かって歩きだした。

源之助は胸騒ぎを覚えた。

間を取って源太郎の後を追う。源太郎はしばらく歩く。すると、向こうから深編笠を被った侍がやって来た。

その侍は敵意がないことを示すかのように大刀を鞘ごと抜いて右手に持った。

——帰蝶返し
源之助の胸が高鳴った。

源太郎は油断し切っている。

「敵だ」

声をかけると同時に源之助は走りだした。

二

源太郎は身構えた。

その直後、侍の刀が抜き放たれる。刀身が月光を怪しく弾く。そして、大刀の切っ先は源太郎めがけて稲妻のように走った。

そこへ源之助の雪駄が飛んだ。

雪駄は侍の腕に当たった。それにより手元が狂ったように見えた。が、逆袈裟に放たれた剣は源太郎を襲う。

源太郎は後方に仰《の》け反《ぞ》った。

侍の刀が源太郎の菅笠を切り裂いた。源之助は大刀を抜き、侍に向かった。侍は素早く刀を鞘に戻すと踵を返した。

源之助も走る。

が、雪駄の片足履きというのはどうにも走りにくい。

左足に残った雪駄も脱ぎ、

「雪駄を頼むぞ」

言うや左足の雪駄も脱ぎ捨てた。

源太郎は動転しつつも黙って源之助の雪駄を言われるままに拾う。

源之助は侍を追った。

夜陰に浮かぶ侍は大道寺知安のような気がした。背格好は似ている。そうとは決め付けられないが、帰蝶返しを使ったことからして、知安以外には考えられない。

源之助は猛然と追跡をした。

侍の足は速い。

走れども、走れども、距離は縮まらない。二町も走ると息が上がってしまう。

「おのれ」

己を叱咤するが、いかんせん、相手は速い。とてものこと、追いつけそうにない。

そのうち、道は勾配となる。胸の動悸が速くなり、苦しくなった。

次第に足がもつれてくる。

だが、ようやくのことで侍も歩速が鈍ってきた。

敵も弱っているのだ。

そう自分に言い聞かせて追う。

侍はやがて大名小路に至った。道の両側に夜陰に浮かぶ大名屋敷の巨大な影が薄っすらと浮かんでいた。

「恵那藩の上屋敷だ」

そう源之助は確信する。

侍はやがて、大名屋敷の一角に姿を消した。予想通り恵那藩上屋敷である。恵那藩邸の門は硬く閉ざされている。暗闇に浮かぶ黒い影は源之助を無言で拒絶していた。

源之助は唇を嚙み締めた。

こうなっては放ってはおけない。逆袈裟魔を、大道寺知安を、捕縛せねばならない。

もちろん、ここは行き当たりばったりでは駄目だ。しかるべく準備をしないことには捕縛はならない。

「よし」

源之助は明日にでもこのことを明らかにしようと恵那藩邸の裏門を睨みつけた。

芝神明宮まで戻ると源太郎が源之助の雪駄を持って待っていた。

「どうした、幽霊でも見たような顔をしおって」

「はあ」

呆然とする源太郎の手から雪駄を奪うようにして受け取った。

「どうしたのだ」

「あの侍の剣……。見たこともない剣でございました」

源太郎はようやく衝撃から立ち直ったようだ。

「しっかりしろ」

「はあ」

「あれはな、東軍流の秘剣で帰蝶返しという。禁じ手の剣だ」

「そうか……。あの太刀筋であるならば、逆袈裟になるわけですね。ということは、あの侍こそが……」

源太郎は生唾を飲み込んだ。

「そういうことだ。あの侍こそが、逆袈裟魔に違いない」

「向井恭介ではなかったのですか」

「そういうことになるな」

源之助は確信を示すように大きくうなずいた。

源太郎はぼんやりとした。

「しっかりせよ」

「はい」

「わたしも、取り逃がしてしまったのだ。歳は取りたくないものだな。若い頃ならたちまち追いついて召し取ってやったものを」

「父上、お若いですね」

「馬鹿、おまえ、何を年寄りじみたことを言っておるのだ」

「申し訳ございません」

「そんなことより、逆袈裟魔を捕縛せねばならん」

「おっしゃる通りです。逆袈裟魔の素性、わかったのでございますか」

「わかった」

源之助は僅かに視線を揺らした。それは、相手があまりに大物過ぎるということの躊躇いが源之助といえども拭い切れないでいるからだ。

「一体、何者ですか。父上が申されたように大道寺さまの御家中であるのですか」

「それは……」

源之助ははたと口をつぐむ。

「ここまできたのです。教えてください」

「そうじゃな」

源之助はまだ躊躇っていた。

「父上」

源太郎は責めるような口調になった。

「いや、今このような場で申すべきではない。明日、奉行所で新之助や緒方殿も交えて話をする」

源之助はこれ以上は尋ねるなというように唇を硬く引き結んだ。

「わかりました」

源太郎は静かにうなずいた。源之助の態度に並々ならぬ決意を見たようだ。

「ならば、帰るぞ」

源之助は歩きだした。

源太郎が横に並ぶと、

「おまえ、近頃、宗方道場でめきめきと腕を上げておるそうではないか。今日、道場に顔を出したのだ。久しぶりに汗を流したくなってな。亜紀殿に伺ったのだ。熱心に稽古をしておるそうではないか」

「まだまだです」

源太郎の声に張りが感じられない。

「どうした、元気がないぞ」

「帰蝶返しの前にわたしは足がすくんでしまいました」

「無理もない。あのような技など見たこともないだろうからな」

「でも、父上は見破られました」

「それは、まあ……」

源之助は知安が実際に使ったのを経験したのだから、当然なのだが、今はそのことを話すのは憚られる。

「わたしは、不遜にも父上の助力の申し出を断ったのです。それでいて父上に助けられました。なってないですね」

「そう、落ち込むな」

「しかし、わたしはなっておりません」

「そんなことはない」

「同心としても剣の腕前も半人前、それでいて、意地を張る、見栄を張る、まだまだです」

「ずいぶんと素直になったものだ。以前のおまえなら、そうしたことすらわからず、意地を張り通したものだ」

それからふと思いついたように、

「よし、組屋敷まで走るぞ」

「はあ……」

源太郎はきょとんとした。

「足腰がしっかりしていなくては、剣は上達せんし、定町廻りは足で御用を行うものだ」

「父上、大丈夫ですか、散々、走って行かれましたが」

「心配無用」

源之助は雪駄を脱ぎ、懐に入れるや駆けだした。

「よおし」

源太郎も雪駄を懐に仕舞う。二人は夜道を脱兎のごとく走りだす。夜桜が目に鮮やかだ。


源太郎は組屋敷に戻った。

木戸門によりかかり、息を荒げながら源之助が戻って来るのを待つ。汗が滴るが、それは心地良いものだった。

ほどなくして、源之助が戻って来た。

「父上、遅いですぞ」

源太郎は明るい声を放った。

「うるさい」

源之助は肩で息をしながら言い返す。

「相変わらず、負けず嫌いですね」

源之助はそれには答えず、源太郎の脇をすり抜けて木戸門を潜るとそのまま母屋の玄関に至った。

「わたしの勝ちだ」

源之助は勝ち名乗りを上げた。

「卑怯です」

源太郎は向きになった。

「油断するな。勝負は下駄を履くまではわからんし、結果が出るまでは捨てるものではないのだ」

源之助は言いながら懐の雪駄を履いた。

源太郎は不満顔だ。

玄関に入ったところで迎えに来た久恵が目を大きく見開いて、

「どうしたのですか」

源之助と源太郎は顔を見合わせた。

「身体を鍛えたのだ」

源之助は明るく答える。

「その通りです」

源太郎も応じた。

三

十一日の朝になり、源之助は同心詰所に出向こうと思ったが、緒方の方から居眠り番を尋ねて来た。これから協議することの機密性を考えれば、その方がいい。

居眠り番には緒方、新之助、源太郎が集まった。源之助は茶を淹れようと思ったが、三人は強張った表情をしており、茶など飲むゆとりなどありそうにない。

「蔵間殿、昨晩のこと、源太郎殿より聞きました」

緒方はいきなり切り出した。

「わたしの勝手な行いをお許しください」

源之助はまず詫びた。だが、緒方は、

「それはもうよいことです」

心底どうでもいいことだと思っているようだ。

「それより、逆袈裟魔の素性を見当つけておられるとか」

緒方が言うと新之助も大きくうなずいた。

「わかりました。では、申し上げる」

源之助が前置きをしたことで居眠り番の中はいつにない緊張に包まれた。居眠りなどできるような長閑《のどか》さなど微塵もない。

「逆賀裟魔の正体は美濃恵那藩藩主大道寺河内守知安さまです」

源之助は静かに告げた。

重苦しい空気が源之助たちを包み込んだ。誰もが口を開くのを躊躇っているようだ。

源太郎が思い切ったように、

「な、なんという」

と搾り出した。

緒方はさすがに冷静さを取り戻したように、

「蔵間殿が申されることに疑いを差し挟むつもりはござらんが、そうお考えになるに至った理由をお聞かせください」

「わかりました」

源之助はこれまでの探索の経緯と、宗方道場で知安の帰蝶返しを食らったことを語り、さらには源太郎を襲った侍が帰蝶返しを使ったこと、その侍を源之助が追い、恵那藩の上屋敷に逃げ込んだことをかいつまんで話した。

緒方は言葉を失ったように黙り込んでいる。

「いかがしましょう」

新之助も苦衷の表情を浮かべた。

「相手はお大名、しかも、将来は御老中へも昇進なさるお方とあっては、手出し叶いませんか」

源之助が問うた。

緒方はきっぱりと首を横に振り、

「いや、いくら相手がお大名であろうと、無慈悲に人の命を奪っていいものではない」

「いかにも」

新之助は声を上げた。

源太郎は黙って成行きを見ている。

「では、どうされる」

源之助は聞いた。

「御奉行に上げます。その前には与力さまに」

緒方は言った。

「では、わたしも一緒に」

「それには及びません……」

緒方は躊躇いを示したが、

「今は体面を気にしておる場合ではござらんな。そうだ、蔵間殿がこの件に関しては誰よりもおわかりになっておられるのだから、是非とも一緒にお願いします」

緒方は源之助に礼儀を尽くすように丁寧に頭を下げた。

「むろん、異存はござらん」

源之助はいかつい顔を緩めた。

「しかし、驚きました」

源太郎が言う。

「何事も経験だ」

新之助は一旦はそんな訳知り顔の台詞を口に出したものの、

「そんな軽いことではないな。今回のことは。できれば、経験したくないことだ」

「ですが、逃げるわけにはいきません」

「そうだ。その意気だ」

新之助に誉められ、源太郎は表情を引き締めた。

「蔵間殿、よいご子息をお持ちになられましたな」

緒方は言った。すかさず新之助が、

「それは違います」

するとと緒方はおやっとした顔になり、

「何か間違っておるのか」

と、源之助を見る。源之助も新之助の真意を測りかねるようにおやっという顔になった。

「それを申されるのなら、源太郎が良き父親を持ったなと言うべきなのです」

新之助は涼しい顔で答えた。

「なるほど、その通りだ」

緒方は膝を打った。

すると源太郎が困ったような顔をした。源之助も複雑な表情を浮かべている。

緒方が笑い声を上げた。

緊張がわずかに和んだ。

源之助と緒方は吟味方与力大野重三郎の前に出た。緒方が、

「重三郎さま、ちと、お話が」

「どうした、二人揃って」

重三郎は気さくな様子だが、緒方と源之助が二人で雁首を揃えていることに危機感を募らせたようだ。

「では、隣室へまいろう」

三人は与力用部屋を出ると隣にある控えの間に入った。

そこで重三郎は源之助と緒方に向かい合った。

「どうした、二人でなど。珍しいではないか」

言いながらも重三郎は心中穏やかではないのは眉間に差した翳《かげ》で明らかだ。

緒方はおもむろに、

「逆袈裟魔の素性が明らかになったのでございます」

「ほう、そうか」

重三郎は期待と困惑の入り混じった表情となった。緒方が少し躊躇うような素振りを示したため源之助が、

「素性は恵那藩藩主大道寺河内守知安さまです」

それから、その理由を語る。

重三郎の表情は驚愕から恐れ、さらには能面のように無表情となってしまった。そ

れから、苛立たしげに爪を嚙み、

「これはなんとしたことか」

しばらく視線を彷徨《さまよ》わせていた。緒方は重三郎に半身を乗り出し、

「相手が誰であろうと、江戸市中を騒がす辻斬りをこのままにするわけにはまいりません」

「わかっておる」

重三郎は厳しい顔をした。

「是非とも、御奉行に言上ください」

緒方が言うと横で源之助も目に力を込めた。二人の同心に迫られ重三郎は大きく首を縦に振った。

「しかと頼みます」

緒方は念押しをした。

「御奉行が下城なさり次第に言上しよう。それにしても大変なことになったものだな」

「まったくでございます」

この時ばかりは、緒方も心底からそう言った。

「さて、御奉行もさぞやお困りになるであろうな」

重三郎は奉行のことを案じたが、それは自分自身にも向けられているようだ。

「やむをえぬことです」

源之助が言う。

「それはそうだが……」

「ここは穏便にはすませられません」

「わかっておる。穏便にすませるには事が大きくなりすぎた」

重三郎は眉間に皺を刻んだ。

「いかにも」

源之助もいつしか目が険しくなった。

「父上ならどうしただろうな」

重三郎はふと呟いた。

源之助はおやっという顔になった。

「いや、なんでもない」

重三郎は口をつぐんだ。

源之助にはそれがかつての船渡屋の主人松之助殺しであることは明らかだ。重三郎の父清十郎はあの時、大道寺家の意向を受けて松之助殺しを揉み消した可能性があるのだ。そんなことをした父である。

その父が今回の一件を聞いたらどうしたのだろう。

そんなことを重三郎は思っているに違いない。

「お父上は決して悪を見逃すようなお方ではございませんでしたぞ」

源之助は強い口調で言った。

「そうだな、町方の与力が日和《ひよ》ってどうするのだ」

重三郎は言っているうちに興奮したようで頬が紅潮し、生き生きとした表情となった。

「その意気ですぞ」

「わたしも断じて悪を許すまいぞ」

重三郎の意気に、

「我ら同心も一致団結を致します」

緒方は胸を張った。

「頼む」

重三郎は大きくうなずく。

「蔵間殿、わたしもなんだか血が騒ぎます」

日頃冷静な緒方だがこの時ばかりは興奮で頰を火照《ほて》らせた。源之助とて同じことだ。

「よし」

三人は並々ならぬ決意を全身からみなぎらせた。

四

その日の夕暮れ、源之助と源太郎、緒方、それから重三郎も加わって楓川に架かる越中橋の袂にある小料理屋に集まった。二階の八畳間だ。開け放たれた窓からは伊勢桑名藩松平越中守の上屋敷が望める。長大な築地塀に沿って桜が優美に咲き誇り、楓川の水面に映り込んでいた。

だが、源之助たちに夜桜を愛でる様子は感じられない。みな、黙々と手酌で酒を飲んでいる。日頃、あまり酒をあまり口にしない源之助も手酌でどんどん杯を重ねているほどだ。

緒方は既に酒がかなり入ったようで頰を赤らめ、

「まったく、なんということだ」

と、ついにはぼやき始めた。

すぐに重三郎が反応し、

「すまん。わたしが不甲斐ないばかりに」

と、頭を下げた。

「何もそういうつもりで申したのではございません」

緒方はあわてて言いつくろった。

あれから、奉行永田《ながた》備前守《びぜんのかみ》正直《まさなお》の下城を待ち重三郎は上申をした。永田は驚愕した。それから、待つように言われ、

「結局、様子見だ」

重三郎は悔しさを嚙み締めるようだ。永田は事が事であるだけに、迂闊に動くことはならんと釘を刺した。ともかく、奉行は事を穏便に済ませようとしている。

「御奉行は大道寺さまを調べることをお許しにはならなかったのでしょう」

源之助は普段なら口を慎むのだが、酔いが回ったのと悔しさからそんな問いかけをしてしまった。

「お許しになるにはもう少し、しっかりとした証《あかし》が欲しいということだ」

「これ以上、何を求めよというのですか」

緒方はすっかりからみ酒になってしまった。

「御奉行とて指をくわえておられるわけではない」

重三郎は立場上、永田を庇わなければならないのだろう。そのようなことを言いながらも自分で納得できていないのは明らかである。

「なら、どうなさるんですか」

それまで黙々と猪口を重ねていた新之助が立ち上がった。

「おい」

さすがに源之助は新之助の憤りように危うさを感じ羽織の袖を引いた。新之助は浮かした腰を落ち着ける。

「でも、割り切れませんよ」

新之助は癇癪を起こした。重三郎はそれを甘んじて受けるように言う。

「まあ、何もこのままですませるというわけではないのだ。御奉行もそのことはきっぱりと申された。決して、曖昧にはすませないとな」

「ですから、どのように決着をおつけになるのですか」

「御奉行もこれからじっくりとお考えになるのだ」

「いつの間にかうやむやに終わってしまうのではないのですか」

新之助はすっかり始末の悪い酔っ払いと化してしまっている。

「そんなことはない」

重三郎もよほど鬱憤が溜まっているのだろう。大きな声を出した。

「まあ、まあ」

緒方が間に入る。

さすがに新之助もこれ以上の悪態は無礼を通り越してしまうことを自覚したようで、そのまま口をつぐんだ。

すると、それまで黙っていた源太郎が、

「父上、大丈夫ですか」

源之助は真っ青な顔で目が据わっている。

「大丈夫だ」

源之助はそう答えたが、酔っ払いの大丈夫ほど当てにならないものはない。源之助は源太郎の手を乱暴に振り解くと、

「心配いらん」

「でも」

それでも心配な源太郎は尚もいたわろうとしたが、

「寝かせてさしあげろ」

新之助に言われた。

源太郎は源之助の背中から羽織を脱がせた。源之助はくずれるようにしてその場に仰向けに倒れる。そこへ、源太郎は羽織をかけた。源之助は何事かぶつくさ言いながらやがて寝息を洩らした。

「お疲れのご様子だ」

緒方の言葉は重三郎には堪えたようだ。新之助が話題を変えるように、

「せっかくです。夜桜でも見物しようではございませんか」

と、松平越中守屋敷の桜を指差した。

「おお、まさしく美しいのう」

重三郎は言った。

緒方は酒を手に窓辺に寄り添った。春の柔らかな夜風が座敷に吹き込んでくる。

「酔い覚ましでもするか」

重三郎も窓の近くに来た。

「素晴らしいな」

緒方はひとしきり桜を愛でた。

源太郎は源之助の様子を見守った。酔いつぶれた源之助はすやすやと寝息を立てていたが、時折口の中をもごもごとさせている。

源太郎は源之助の寝顔を見ているうちにふつふつとした怒りがこみ上げてきた。

宴席はお開きとなり、源太郎と新之助で源之助の両肩を支え、組屋敷まで送って来た。源之助は二人に担がれるようにして玄関に倒れ込んだ。

「まあ、大変」

久恵が出迎えた。

「どうしたのですか、こんなになるまで飲むなんて」

「夜桜見物をしたのです」

新之助が自分の責任であるかのように頭を下げた。

「夜桜……」

久恵はひどく疑わしそうだ。無理もない。源之助が酔いつぶれるまで飲んで帰宅したことなど、これまでに一回だけだ。その一回というのは他でもない。源之助が筆頭同心の職務を御免となり居眠り番に左遷された時である。

あの時はさすがに源之助は悔しさと怒りから酒を飲み過ぎてしまった。

それ以外にはないことだ。

「父上、着きましたよ」

源太郎は源之助を背中におぶう。久恵が寝間で布団を敷いた。

「さあ、ごゆっくりお休みなされ」

源太郎は源之助を寝かしつけた。

「ならば、これで失礼致します」

新之助は辞去しようとしたが、

「茶の一杯くらい飲んでいらしてください」

と、久恵に引き止められた。

「では、酔い覚ましに」

新之助は居間に座った。源太郎と二人きりになったところで、

「蔵間殿、よっぽど悔しかったのであろうな」

新之助は呟くように言った。

「いかにも」

源太郎も返す。

「心中、察するに余りあるものがある。だが、我らとてどうすることもできん。まっ

たく、情けない限りだ」

新之助は悔しそうに唇を噛んだ。

「あのような父はついぞ見たことございません」

源太郎も悔しげだ。

「やるか」

新之助はぽつりと言った。

源太郎ははっとしたように新之助を見る。

「我らで、今一度、大道寺藩邸を探ってみようではないか」

「やりましょう」

源太郎は大きくうなずいた。

「ならば、早速、これからだ」

「今からですか」

源太郎はさすがに驚きを隠せない様子だ。

「善は急げと申すであろう」

「しかし、お酒が残っておるのではございませんか」

「あれしきの酒なんぞ屁でもない。おまえは、酔ったのか」

といより酒が新之助の気持ちを大きくしているのであるが、源太郎とてそれは同様だ。

「わたしはほとんど飲んでおりません。今晩はさすがに飲む気がしませんでしたし、父上が心配でした」

「成長したものだ」

「よしてください。そんな大したものではございませんよ」

源太郎はかぶりを振る。

「では」

新之助は腰を上げた。源太郎も立ち上がる。そこへ久恵が戻って来た。

「どうしたのですか」

「牧村さまを送ってまいります」

「わかりました」

久恵は今度も不審そうだったが、それ以上は追及してこなかった。

「行ってまいります」

「牧村さまにご迷惑をかけてはなりませんよ」

「承知しております」

源太郎は努《つと》めて明るく答えた。

五

源太郎と新之助は芝にある大道寺藩邸の裏門にやって来た。

「さて、どうしましょう」

源太郎は築地塀を見上げた。

「そうだな」

新之助は思案していたがふとにんまりとした。

「あれだ」

新之助は往来に枝を伸ばしている見越しの松を指差した。

「中に入ってみるか」

新之助はまだ酔っているのか、気が大きくなったままだ。源太郎とて臆するつもりはない。

「ならば、わたしから」

源太郎は枝に取り付いた。

「気をつけろよ」

新之助が声をかける。

源太郎は松の枝に取り付き、築地塀の屋根に立った。次いで、新之助も登る。二人して屋敷の中を見回す。森閑とした闇の中に視線を凝らしていると源之助が言っていた建屋が見えた。

「あれですかね」

源太郎は新之助に言う。

「おそらくな」

新之助も請け合うと二人は屋敷内にそっと降り立った。そして、息を殺し建屋の方に歩いて行く。

建屋の窓からは灯りが揺れている。近づくに従い次第に気合いのようなものが聞こえてきた。

「とう！」

それは二人をして戦慄せしめるほどの凄みがあった。

武者窓に近づく。隙間から中を見ると、板敷きが広がっている。道場である。そしてそれを示すように一人の侍が立っていた。

気合いの主はこの男のようだ。

男はすらりとした背格好、鼻筋の通った上品な若侍である。

真剣を抜き、さかんに型の稽古をしていた。

源太郎と新之助は顔を見合わせる。二人は無言のうちに、あの男こそが逆袈裟魔なのではないかと言い合っていた。

男は大刀を鞘に収めると深編笠を被った。そして、やおらしっかりとした動作で建屋を抜け出る。源太郎と新之助も自然と後を追うことにした。

男は裏門の潜り戸から外に出る。源太郎と新之助は松に取り付き外に降り立った。

男は急ぎ足で歩いて行く。

闇夜に慄然と歩く姿は月明かりを受けて妖しいまでの美しさすら感じられた。

源太郎も新之助も自然と緊張を覚えた。新之助の顔には最早、酔いは消え去っている。ひたひたという足音だけが響き渡っている。

やがて、夜道を千鳥足で歩く侍がやって来た。どこかの大名屋敷の勤番侍で酒を飲んでいるうちにこの時刻になったのだろう。

男は侍の前に立った。

「な、なんでござる」

侍は呂律《ろれつ》の回らない言葉を発した。

「貴殿を斬る」

男はぞっとするような声で告げた。侍は身を起こし、

「なんでござる」

と、聞き返す。

「斬る」

男はもう一度声を発する。源太郎と新之助は同時に飛び出した。

ここに至って侍はわけのわからない言葉を発し、よろめいたと思うと腰を抜かしてしまった。

「御用だ」

新之助が言う。

男は新之助に向き直る。新之助は十手を突き出した。

男は大刀を抜いて横一線にさせた。新之助の十手が夜空に舞う。

「御用だ」

源太郎は十手を持って男に殴りかかった。男は電光石火の早業で大刀を突き出す。

源太郎は自分に冷静になれと言い聞かせる。しかし、男の太刀筋の凄みに肝が冷えて

しまう。

すると、男はやおら踵《きびす》を返した。

その場から遁走する。

源太郎と新之助は闇の中を必死で走る。男の行方は大道寺家の上屋敷に決まっている。ならば、急ぐことはないのだが、男の凄まじい気合いにせきたてられる二人だった。

二人は目的地はわかっているのだが、胸に大きな不安と恐怖を抱きながら追走して行く。

男はやがて大名小路に至った。

「藩邸に入られては手出しできませんよ」

源太郎が言う。

「捕まえてやるさ」

「あの男が河内守さまでもよろしいのですか」

「かまわん。藩邸に戻る前なら単なる辻斬りだ」

新之助は足を速めた。源太郎も負けじと走る。

男は裏門の前に立った。

そして、潜り戸を叩く。

「急げ」

新之助に言われるまでもなく、源太郎も渾身の力で走った。

が、次の瞬間、潜り戸が開けられた。

——しまった——

と、思った時には潜り戸の向こうから侍が一人ぬっと出て来た。男の動きが止まった。

侍は物も言わず大刀を抜き放ち、男に一撃を加えた。

月光に男の首筋から血が飛び散った。

男はがっくりと仰向けに倒れた。侍は源太郎と新之助に向き直り、

「町方の者か」

その声音には言い知れない威厳を滲ませていた。

「北町の牧村新之助と申します」

「同じく蔵間源太郎です」

二人が名乗ると、

「蔵間か」

侍は源太郎に視線を合わせた。

「畏れ入りますが、大道寺さまの御家中でいらっしゃいますか」

新之助が尋ねたところで夜陰をついて足音が近づいて来る。その切迫した足音には聞き覚えがあった。

振り向くと源之助がいる。

「父上」

驚く源太郎を無視して源之助は侍の前に至った。

「おお、蔵間か」

侍は鷹揚に声をかけた。

源之助は源太郎と新之助に向き、

「こちら、大道寺河内守さまだ」

源太郎と新之助は驚きの表情を浮かべたがあわてて片膝をついた。

「よい、苦しゅうない。それより、夜分ご苦労であるな」

「畏れ入りましてございます」

新之助は言上した。それから、往来で仏となった男に目をやる。

知安は、

「この者、青山藤十郎《あおやまとうじゅうろう》を成敗した。わが家中にあり、辻斬りなどという不埒《ふらち》な行いを繰り返したのだ。以前より、奇矯なる振る舞いの多い男だった」

源之助の脳裏に建屋の中で知安と対峙《たいじ》していた侍の姿が蘇った。雄叫びを上げて木刀を振るう姿は狂気じみていた。

それが青山であったのか。

「青山なる男、お屋敷の中にある建屋で殿さまと稽古をしておりますか」

源之助が訊いた。

だが、知安はそれには答えようとせず、

「その方ども、この者を追ってまいったのであろう」

知安の問いかけには新之助が答えた。

「いかにも、わたしくども、この方がこの先の辻で辻斬りをしようとしたのを止めに入ったところです」

「そうであるか。町方の手を煩わせたことは申し訳なく思う。家中の者からこのような不埒な家臣が出たことは、申し開きもない。ただ、武士の情け。余が手ずから成敗したことにより、事を穏便にすませてもらいたい。そう、与力大野重三郎殿に報告してくれるか。必要とあれば奉行永田備前守殿にも会う」

知安は穏やかな物言いながら有無を言わせない強さがあった。

新之助は口を閉じている。知安は視線を源之助に転じた。

「殿さまの申し出、大野重三郎に伝えます。当然ながら大野から御奉行にも伝わることでございましょう」

源之助が答えた。

「よろしく頼む」

知安は亡骸は家臣たちに始末させると言うと藩邸内に消えた。

「これで落着ということになるのでしょうか」

源太郎の声音には不満が滲んでいる。

「そうかもな」

新之助の投げやりな態度に納得できない様子が表れていた。

源之助とて胸に大きなわだかまりが残った。果たして、青山が雄叫びの男であったのか。それとも、雄叫びの男と逆袈裟魔は関係がないのか。思案すれど、答えは導き出せない。

夜桜は三人の淀んだ気持ちを少しも和ませてはくれなかった。

第六章　狂気の剣

一

「お身体、大丈夫なのですか」

新之助が知安がいなくなってから尋ねてきた。

「母上が心配なさったでしょう」

源太郎も問いを重ねる。

「こんな時に寝てなどおられるか。それに、母上はわたしが言い出したら聞かないことくらい知っておる」

「それにしましても、わたしたちが大道寺さまの上屋敷に向かったこと、よくおわかりになりましたね」

「おまえたちが夜中に向かう所といえば、他には考えようがないだろう。酒を飲んであれだけ管《くだ》を巻いておったのだからな」

源之助は顔をしかめた。

源太郎と新之助は顔を見合わせ苦笑を浮かべるばかりだ。

新之助はこれまでのこと、大道寺家の上屋敷で目撃したことを話した。侍、すなわち青山藤十郎が辻斬りに出かけたこと、そして、辻斬りをしようとしたことである。

「それで、藩邸に逃げ込まれる前に、お縄にしようと思ったのです」

新之助の言葉に源太郎もうなずく。

「よくわかった」

源之助は顎を掻いた。

「いかが、思われますか」

新之助は堪らずに尋ねる。

「その問いかけをするということは、納得しておらんようだな」

源之助は新之助を見返す。

「わたしも得心がいきません」

ここぞとばかりに源太郎も言い添えた。

「ということは、逆袈裟魔は青山ではないと思っておるのだな」

「そんな気がします」

新之助の眉間には皺が刻まれた。

「ということは」

源之助は思わせぶりに言葉を止める。

「やはり、大道寺河内守さまこそが……」

新之助の問いかけには源之助は答えず無言で藩邸を見上げた。月光を受け御殿の陰影が闇におぼめいている。

三人は無言のまましばしの間たたずんだ。


十二日の夕刻、源之助の居眠り番に重三郎と緒方、それに、新之助と源太郎が顔を合わせた。

またも、居眠り番どころではない緊張した空気が漂った。

「おまえたちの努力により、逆袈裟魔の一件、一応の落着を見た」

重三郎が言った。

「河内守さまの顔を立てたということになるのでしょうか」

緒方が口を開いた。

「まあ、そうだがな」

「ですが……」

新之助は何か言いたそうに身を乗り出す。

「御奉行もそれを了解された」

重三郎の口調が濁っているのは、自分自身が納得していないからだろう。

「長い物には巻かれろ、ですか」

源太郎は言ってからはっとしたように口をつぐんだ。見習いの身で奉行の裁許を揶揄するなど許されることではないのだが、みなが心の中ではそう思っているのか、誰も源太郎を叱責しようとはしなかった。

さすがにこのままではまずかろうと源之助が、

「おい、言葉を慎め」

と、叱責を加えたものの、それ以上に源太郎を咎める者はいなかった。

「ともかくだ。この一件、これ以上探ることはするなと御奉行からのおおせだ」

重三郎を責めることはお門《かど》違いだ。

「承知しました」

緒方が言った。

重三郎は新之助と源太郎に視線を向け、

「その方たち、くれぐれも余計なことをしてはならんぞ」

「わかっております」

新之助は胸を張って見せた。

「ならば、これまでだ」

重三郎は腰を上げ、

「緒方、ちょっと」

と、緒方を呼んだ。

緒方は重三郎と共に居眠り番を出て行った。

「思った通りになりました」

新之助が言う。

「これでいいのでしょうか」

源太郎も納得のできない表情を向けてきた。

「そうだな」

源之助はどうもこのところ調子が狂ってしまう。考えがまとまらない上に集中力を欠いているのだ。

――歳か――

そんな当たり前の考えが脳裏に過る。

それから、新之助と源太郎はぶつくさと愚痴めいたやり取りをしていたが、

「帰るか」

新之助が立ち上がり、

「帰りましょう。父上はまだおられるのですか」

「ああ、先に帰れ」

源之助は生返事をする。

それからはっと思い出したように、

「飲みすぎるな」

と、釘を刺した。

「わかりました」

今度は新之助が生返事だ。二人はそそくさと出て行った。

一人ぽつんと取り残されたようになった。

「さて」

独《ひと》り事《ごと》を言ってからふとお吉のことを思い出した。

考えてみたら、源之助が逆袈裟魔に関わるようになったのは、捨吉がきっかけである。

もう一度、原点に立ち返れという気がしてならなくなった。

お吉、本当は寅五郎の母親ではないのか。

だとしたら……。

源之助はお吉の住む長屋にやって来た。夕闇迫った長屋の路地には子供たちが遊ぶ声、家に帰れという声とが交錯し、それは賑やかだ。

「邪魔するぞ」

お吉の家の腰高障子をとんとんと叩く。

「はあい」

気だるい声が返され、源之助は腰高障子を開けた。お吉が四畳半の板敷きに座っている。脇には五合徳利があり、湯飲みが置かれていた。

目元がほんのりと赤らんでいるのを見ると飲んでいたようだ。

手土産に人形焼を買ってきた源之助だが、気恥ずかしくなってしまった。お吉は目をしかめた。どうやら、源之助が誰かと確かめているらしい。

「お吉、わたしだ。北町の蔵間だ」

「これは、旦那」

お吉は仰け反った。酒を飲んでいたことに罪悪感を抱いたようだ。媚びるように上目遣いとなり、

「すんませんね、今、すぐに片付けますからね」

「気にするな。いきなりの訪問だ」

源之助は上がり框に腰かけた。それでも、お吉は部屋を片付け、源之助のために座布団を用意した。それから源之助に向き直り、

「女だてらに酒なんか飲んで、と思っておらっしゃるんでしょ」

「憂さ晴らしか。それとも、酒が好きなのか」

源之助はあくまで優しく問いかける。

「両方ですよ」

お吉はふと寂しげに視線を揺らした。

「ひょっとして、捨吉、寅五郎のことを考えていたのではないか」

お吉は目を伏せた。

「まあ、飲みながら話をしよう」

源之助は置いてあった五合徳利を持ち上げたが、

「いいえ、お酒はもういりません」

お吉は茶を淹れると立ち上がった。部屋を見回すと隅に木箱があり、位牌が二つ並んでいる。

やはり、お吉は寅五郎の実の母なのだ。

とすれば、番屋で嘘の証言をしたことが気にかかる。

「寅五郎と捨吉か」

「ええ、まあ」

「ちゃんと供養してくれているのだな」

源之助は木箱の前に座り、両手を合わせる。

――おまえたち、本当に罪を犯してなんかいなかったんだな――

そう語りかける。

もちろん、返事が返されることはない。だが、源之助の胸には捨吉や寅五郎が無念の叫び声を上げているような気がしてならなかった。

「旦那、これ、いただきますね」

お吉は人形焼を手に取った。

「遠慮するな」

「あたし、甘いものにも目がないんです」

「全部食べていいぞ」

「それじゃ、頂きます。そうだ、寅にも」

お吉は小皿に人形焼きを盛り木箱の上においた。

「寅も男のくせに甘いもんが好きでした」

「寅五郎はやはりおまえの息子だったんだな」

源之助はお吉を見た。

二

「寅は間違いなくわたしの倅でございます。嘘をつき、申し訳ございませんでした」

お吉は両手をついた。

「やはりな」

源之助はしげしげとお吉の顔を見る。お吉は寅五郎のことを思い出したのか、目に涙を滲ませた。

「捨吉とわたしに寅五郎の無念を晴らして欲しいと申したのは本心であったのだな」

「本当でございますとも」

お吉は横目に二人の位牌を見た。

「捨吉はどうだったのだ。船渡屋から金を儲けようとしていたのではないのか」

「金を分捕ろうとしていたことは間違いありません。でも、それはあくまで寅五郎の濡れ衣を晴らすことと、寅五郎に殺しの濡れ衣を着せた船渡屋への意趣返しなんです」

「その言葉に偽りはないな」

「ございません」

「ならば、あの五十両というのはどういうことだ」

「それが」

お吉は躊躇いがちに口ごもる。

「話してくれ。このままでは、寅五郎は殺しの濡れ衣を着せられたままだし、捨吉とて島帰りの強請《ゆす》りたかりをした悪党ということでそれっきりとなってしまうぞ」

源之助は目元は優しいがそれは厳しい物言いをした。

「脅されたのでございます」

「誰にだ」

「お侍さまでです。名は名乗ることはございませんでした」

「どのような侍だ。身分がありそうな侍か」

「はて」

お吉は記憶の糸を手繰《たぐ》るように視線を彷徨《さまよ》わせた。

「年配、そう、白髪頭で目つきのよくない男なのではないか」

「そう、まさしく、そのお方でございます」

大道寺家江戸留守居役藪中勘太夫に違いない。藪中はここに手を回していたのだ。

「その侍はなんと申したのだ」

「余計なことは申すな。寅五郎は赤の他人と言えと、でないと、大変なことになると言って」

藪中は口止め料五両をくれたという。

藪中はあくまで捨吉が強請り目的であったと思わせたかったのだろう。

「侍はどうしてここがわかったのだろうな」

「それもよくわからないので、余計に怖くなったんですよ」

お吉は突然に現れた藪中に恐怖心を抱いたようだ。

「そうか……。捨吉は藩邸を尋ねたのだったな」

「藩邸……」

お吉は小首を傾げるばかりだ。

「いや、こっちの話だ」

捨吉は恵那藩邸を尋ねたに違いない。藪中はそれに危機感を抱き、後をつけた。

「捨吉は殺される前日、ここを尋ねてまいったのではないか」

「ええ、来ましたよ。なんでも、うまい具合に事が運びそうだ、なんて。それが、あんなことになっちまって」

お吉は言葉を詰まらせた。

「わかった、よくわかった」

源之助は慰めるようにお吉の肩を叩いた。お吉は顔を上げ、

「旦那、寅五郎と捨吉さんの無念を晴らしてください」

「そうするつもりだ」

「信じていいのですね」

「そのつもりがなかったらここには来ないさ」

お吉は顔を輝かせた。

「まあ、任せておけ」

「相手は相当に怖いのではございませんか」

「優しい相手ではないな」

まさしく、並々ならぬ敵なのだ。

おまけに、既に落着という措置が取られてしまっているのである。今更、それを蒸し返すことなどできはしない。

「ならば、身体をいとえ」

「ありがとうございます」

お吉は再び位牌に向かった。期待の籠った目で位牌に向かって語りかけている。

「寅、捨吉さん、蔵間の旦那が今度こそ無念を晴らしてくださるよ。もうすぐ、成仏できるんだからね」

お吉はそれはうれしそうだ。

それを見ると源之助はいやが上にも緊張で全身が震えるような心持ちになってしまった。

「さて」

源之助は腰を上げた。

これからどうすべきか。


よくよく算段せねばなるまい。迂闊に動けば源之助だけではない、北町奉行所に悪影響を及ぼすに違いないのだ。

ふと、京次の顔が浮かんだ。

「京次の顔でも見るか」

呟きながら神田三河町へと足を伸ばす。


「御免」

常磐津の稽古所では三味線の音がしない。それでも、門人たちが雁首をそろえて何事か賑やかに話している。耳に入ってくる話は逆袈裟魔のことだった。

逆袈裟魔はいずくともなく消えてしまったと言っている。

門人たちは源之助に気がつくと、

「では、お師匠さん、これで」

と、腰を上げた。

門人たちが三々五々いなくなったところで源之助は部屋に上がった。

「いらっしゃいまし」

お峰が挨拶をすると奥の部屋から京次が顔を出した。

「賑やかだったな」

源之助が語りかけると、

「みんな、逆袈裟魔のことで持ちきりというわけでして」

「どんなことを話しているのだ」

「北の御奉行所が逆袈裟魔は成敗した、もう、出没することはないと高札《こうさつ》をお立てになりましたでしょ」

奉行所の応対は実にてきぱきとしていると感動すらしてしまった。臭い物に蓋をすることには実に迅速である。

「ですからね、逆袈裟魔が本当に討ち取られたのかと、と大した騒ぎですよ」

京次は笑った。

「そんな噂が出るのも無理からぬな」

「そうですよね」

京次が言ったところで、

「ほんと、安心していいですよね」

お峰が割り込んできた。

「大丈夫だ」

「なら、安心して湯にでも行って来るわね」

お峰は部屋を出て行った。

それから京次は、

「蔵間さま、今回のお裁き、どうも納得できませんね」

「そらそうだろう。あれで、納得できる者などおるまいて」

「しかし、今回ばかりはどうしようもないですよね。相手が悪すぎますよ」

京次も諦め顔である。

「おれは諦めん」

「なんですって」

「諦めんと言っているんだ。逆袈裟魔に必ず罪を報わせてやる」

「それは、大道寺の殿さまに罪を償《つぐな》わせるということですか」

「そういうことだ」

「蔵間さまらしゅうございますが、何か勝算あってのことなのですか」

京次は半信半疑ながら期待の籠った目を向けてくる。

「ない」

源之助はさっと言った。

「ない……」

京次はがっくりと肩を落とした。

「なら、どうするんですよ」

京次は顔を歪ませる。

「さて、どうするかな」

源之助は仰向けになった。いかにも途方に暮れたような様子である。

「蔵間さま、こんなこと言ったら申し訳ございませんが、意地だけじゃどうにもなりませんや」

「意地だけではな……」

「しかし、ああいう辻斬りというのは、気が治まるものですかね。現に今回だって、五年前のがぶり返したんですからね。一種の病いのようなものですよ」

「病いな」

「ですから、また、いつ何時、人を斬りたくなるのかわかったものではありませんや」
京次は肩をそびやかした。
「まったくだな」
源之助は寝転びながら生返事をした。それから頭の奥に何かが爆《は》ぜる音がした。
──自分も狂うか──
狂った敵に正気で当たっても勝つことはできない。
狂う。
しかし、狂人にはなれない。
とすれば、狂うほどの覚悟、肝を据えることだ。
格好をつけている限り、どうにもならない。

三

源之助は船渡屋にやって来た。
茂兵衛に面談を求めるといかにも忙しげにやって来た。源之助は店先ではなんだと裏庭に回る。茂兵衛も渋々ついて来る。

源之助は土蔵の前に立つといきなり、

「松之助を殺したのは、寅五郎ではない。そのこと、おまえは知っておるな」

「何を申されますか」

「おまえが惚けようが、わたしはそう思っておる」

「それはいかにもおかしなことでございます。何を証にそのようなことを申されますか」

茂兵衛は険のある目で睨んできた。

「証などはない」

源之助は開き直った。

「…………」

茂兵衛は唖然として源之助を見ていたが、やがて顔を歪ませ、

「これは、とんだ言いがかりでございますな」

「まさしく言いがかりだ」

源之助のいかつい顔が際立った。

「北の奉行所の同心さまがやくざ者のような真似をしてよろしいのですか」

「よろしくはないが、わたしはする」

「そんな馬鹿な」

茂兵衛は反論の言葉すらなくしてしまったかのようだ。

「下手人を申せ」

源之助は茂兵衛の襟を摑んだ。

「な、何を申されます」

茂兵衛は恐怖で目を引き攣らせた。

「さあ、吐け」

「おやめください」

「吐くまではやめんぞ」

「だ、誰か」

茂兵衛は周囲を見回した。店から数人の奉公人が出て来た。みな、驚きの表情で源之助の行いを見ている。源之助が八丁堀同心と見て、どうしていいのかわからないように右往左往を始めた。

「おまえたちの主人茂兵衛は先代の主人松之助殺しの下手人を知っていながら、盗人に罪をなすりつけた」

源之助は大きな声で言い放った。

奉公人たちがどよめいた。

「出鱈目《でたらめ》だ」

茂兵衛は顔を真っ赤にした。

源之助はここで手を離した。茂兵衛は肩で息をしてから息を整え、

「このような出鱈目を申すとはお覚悟はございますな」

「当たり前だろう。どうする。奉行所に訴えるか」

源之助は茂兵衛に詰め寄った。茂兵衛はたじろぐように後ずさりをした。

「堂々とわたしを訴えたらどうだ。ここにおる奉公人どもも、それに、天下の往来を行き来する者もわたしの所業を見ていたのだ。訴えればよい」

源之助は周囲を見回した。

奉公人たちは源之助と視線を合わせることを躊躇《ためら》うようにそっぽを向き、裏通りを行き交う行商人や店者たちは一体何の騒ぎだとこそこそと囁き合った。

「訴えろ」

源之助は迫る。

「も、もちろん、訴えますとも」

「ならば、早くわたしを番屋に連れて行け」

「それは」

茂兵衛はまたも躊躇いを示す。

「このままでは船渡屋の暖簾に傷がつくぞ。それでもいいのか」

「訴えますとも」

茂兵衛は金切り声を上げた。

「よし、行くぞ」

源之助は茂兵衛の腕を摑んだ。

「離してください」

「親切でやっておるのだ。一緒に番屋に行こうではないか」

源之助は茂兵衛を引きずるようにして裏木戸まで歩いた。

「やめてください」

茂兵衛は腰を落として必死で抗《あらが》う。

「どうした」

源之助は素っ頓狂な声を上げた。

「今日は店も忙しゅうございますので」

「おや、比較的暇だと申したではないか」

源之助は首を捻る。

「そんなことはございません」

茂兵衛は視線をそらす。

「忙しいか。主人が番屋に行くこともできんのか」

源之助は奉公人たちに声をかけた。

奉公人たちはお互い顔を見合わせている。茂兵衛は店に向かって歩きだす。

「どうした、番屋には行かんのか」

「今日は、忙しいので後日まいります」

茂兵衛は振り向きもせずに言った。

「わたしは逃げも隠れもせんぞ」

源之助は愉快そうに声を放つ。

「ほら、いつまでこんな所にいるんだ。早く、持ち場に戻りなさい」

茂兵衛は源之助に対する怒りを奉公人たちにぶつけた。奉公人たちはそそくさと店に戻って行った。

「よし」

源之助は一人ほくそ笑むと足早に歩き出した。

その足で恵那藩上屋敷を訪れた。

裏門から中に入られ、先日に通された台所近くの殺風景な六畳間に入る。

藪中が仏頂面《ぶっちょうづら》でやって来た。いかにもお義理で会ってやるのだぞという態度がありありである。

「江戸市中を騒がせておりました逆袈裟魔なる悪党、河内守さまにおかれましては見事にその悪党を成敗なさいました」

源之助はまずはこう切り出した。

「今日はその礼を述べに来たとでも申すか」

藪中は不快感丸出しである。

「いえ、そうではございません」

源之助は敢えて藪中の気持ちを逆撫でするがごとき態度を取った。

藪中の顔がより一層険しくなった。

「実は今日来たのは、あなたさまが、お吉という女の口止めをしたこと、そして、捨吉を口封じしたこと、さらには五年前に船渡屋の主人松之助を殺したこと、を認めてもらいたかった。船渡屋の主人茂兵衛と結託して」

源之助は言った。

「なんだと」

藪中は腰を上げた。

と、そこで廊下を慌しく近づく足音がした。襖がわずかに開けられ、藪中を呼ぶ声がした。藪中は源之助を睨みながら、廊下に出る。

源之助は耳をそばだてた。

かすかに、船渡屋とか茂兵衛という言葉が聞こえる。

「おのれ」

藪中の声がしたと思うと襖が開き、

「その方、ここから出てはならんぞ」

凄い形相で言葉を投げてからばたばたと足音たからかに立ち去った。

「ふん」

源之助はにんまりとして畳に横になった。天井の節を見上げながら待つことそれほどでもなく、藪中が戻って来た。源之助はむっくりと起き上がる。

「貴様」

藪中の目はぎらついていた。

「船渡屋茂兵衛がやって来たのでしょう」

源之助の問いかけには藪中は答えず、

「おまえ、自分のやっておることがわかっておるのだろうな」

「はて、何のことでございましょう」

「ふざけるな、船渡屋の件だ。貴様、船渡屋に乗り込んで茂兵衛相手にあることないこと言いふらしたそうだな」

「あることかないことか、それを明らかにしたいと思うのです」

源之助は堂々と受けて立った。

「ここを何処だと思っておる」

藪中は居丈高な態度に出た。

「ここは、恵那藩大道寺さまの上屋敷です。それがわかっておりますから、こうしてまいったのです」

「自分の立場がわかっておらんようだな」

「わかりすぎるくらいにわかっております」

藪中は不気味な笑いを浮かべた。

「どうされる」

「かりにも当家の看板に泥を塗るような所業、断じて許すことはできん」

「この場で斬りますか」

源之助は大きな声を上げげた。

「そうしてやろうか」

「かまわんですぞ」

源之助は威儀を正した。

「度胸だけは一人前だな」

「さあ、どうぞ」

源之助は目を瞑った。

「よし、斬ってやる。但し、ここでは駄目だ。屋敷の中をおまえのような不浄役人の血で穢すことはできん」

「ならば、外に出ましょう」

源之助は腰を上げた。

「よし」

藪中も立った。

源之助は部屋を出ると台所を抜け、勝手口から外に出た。そして、そのまま、問題の建屋に一目散に走る。

「何処へ行く」

藪中が凄まじい勢いで飛んで来た。

次いで、

「曲者《くせもの》じゃ」

と、大声で呼ばわった。

屋敷内は騒然とした。

源之助はかまわず建屋に走り、引き戸を開けた。

四

そこには、一人の侍が正座をしていた。

侍は白の胴着に紺の袴を穿き両の目を閉じていた。

源之助が足を踏み入れると静かに目を開ける。その顔は、大道寺知安かと思ったが視線を凝らすと年恰好は似てはいるが別人である。

「何者であるか」

侍は静かに立ち上がった。

「拙者、北町奉行所同心蔵間源之助と申します」

相手が何者かはわからないが、その所作には品格と威厳が感じられ、礼を失ってはならないという気にさせられた。背後で引き戸が開けられた。

「殿、そやつは曲者にございます」

藪中の怒声が背後から聞こえた。

――殿だと――

源之助は大いにいぶかしんだ。

目の前の人物は知安ではない。

「畏れながらお尋ね申し上げます。あなたさまはどちらさまでございましょう」

源之助は静かに問いかけた。

侍は立ち上がった。そして、源之助を睨みつけると、

「恵那藩八万五千石の藩主、大道寺河内守知安である」

「えぇっ」

源之助は相手の言っている意味がわからなかった。

「大道寺知安と申したであろう。聞こえぬのか」

その声音が鋭く源之助の耳に響き渡った。

「大道寺さま」

源之助はちらっと背後を振り返った。藪中が凄い形相で睨んでいる。

「知ってはならないことじゃ」

藪中は低い声になった。

「どういうことですか」

「おまえには関係ない」

藪中は言うと、大刀を抜き放った。

「斬る前にどういうことかお話しいただきたい」

「問答無用じゃ」

藪中が言うと数人の侍が雪崩《なだ》れ込んで来た。みな、額に鉢金を施し、大刀の下げ緒で襷掛けにしていた。

藪中も入れるとざっと十人だ。

事ここに至っては話し合いの余地はなさそうである。

――一丁、暴れるか――

全身の血がたぎった。

「ならば、お相手致す」

源之助は羽織を脱ぎ捨て大刀の下げ緒で素早く襷掛けをした。次いで、腰を落とし左手で鯉口《こいぐち》を切る。

「曲者」

左右から二人が斬りかかってきた。

源之助はさっと左足を半歩引き、水平に横に掃った。右から来た敵の右腕を斬る。敵は大刀を落とした。

次の瞬間には返す刀で袈裟掛けにした。大刀の切っ先が相手の頬をかすめた。血潮が飛び散り、相手は悲鳴を上げて後ずさった。

その間、一人が源之助の背後に回り込んだ。面前と背後に敵を抱え、源之助は大刀を鞘に戻した。

あっと言う間に仲間二人を倒され、敵も慎重になった。

源之助の動きを見定めるように大刀を大上段に振りかぶったまま身動きせずにいた。

源之助は背後をちらっと見た。

その隙を捉え前面の敵が斬りかかって来た。前方に顔を戻し、

「てえい！」

源之助は鋭い気合いと共に大刀を鞘に収めたまま前に突き出した。大刀の鏢《こじり》が相手の鳩尾《みぞおち》を突いた。

「うぐ」

相手はくぐもった声を洩らして跪《ひざまず》いた。

ここで源之助は大刀を抜き、素早く背後に向くと敵の首筋に峰打ちを食らわせた。

「早く、始末をしろ」

藪中は不機嫌に叫ぶ。

残る六人はすっかり及び腰となっている。

「何をしておる」

けしかける藪中が一番怖がっていた。源之助は大刀を抜いたまま六人の前に立った。

「さあ、来られよ」

源之助は気合いの籠った声で絶叫した。六人はお互い、先を譲るようにしている。

「さあ」

源之助は六人に向かって行った。

六人は散り散りになった。

藪中が顔をしかめたところで、

「ははは」

背後で大きな笑い声を上げた。

笑い声の主は知安である。

「この者、なかなか、いや、結構な腕だな」

知安は悠然と言った。

「そうだ。北町の蔵間源之助を侮ってはならんぞ」

引き戸が開いた。

入って来たのは源之助が知る大道寺知安である。

「なんだ、明和《あきかず》、この男を知っておるのか」

知安が言った。

——大道寺明和——

側室が産んだ知安の反対勢力が擁立しようとした男。

「知安殿、この者を侮ってはいけませんぞ」

明和はゆっくりとした足取りで入って来ると、

「下がっておれ」

と、藪中と侍たちに命じた。

「いや」

藪中は抗おうとしたが、

「下がれ！」

明和は横目で睨んだ。藪中らはすくみ上がった。

「わたしが相手だ」

明和は羽織をはらりと脱ぎ捨てた。

「その前にお聞かせください。あなたさまは大道寺明和さま、向こうにおられるのが知安さまでいらっしゃるのですね」

源之助は明和と知安を交互に見た。

「偽ってすまなかったな」

明和が答えた。

そうか、初めてこの屋敷を訪れた時にここで知安、いや、明和と対面して剣術の稽古をしていたのが、真の知安だったというわけだ。

「わたしが相手になってやる」

明和が言った。

「お答えになっていただけませんか、逆袈裟魔は知安さまですか明和さまですか」

源之助は穏やかに尋ねた。

「それよりも剣を交えようぞ。今度は真剣でな」

明和は答えようとしない。

「ならば」

源之助は最早、話し合うことの無駄を知らされた。

「よし」

明和はにんまりとした。

「いざ」

源之助は大刀を鞘に収め腰を落とした。明和は大刀を鞘ごと右手に持って歩いて来る。

——東軍流帰蝶返し——

あの技を使う気か。

明和は悠然と近づいて来る。源之助は逆袈裟に備えた。

「とう」

明和は左手で抜き斜め上に斬り上げた。空気を切り裂くような鋭い音がした。

源之助は背後に飛んだ。

明和の抜き身は空を切った。そして、次には鞘を放り投げて斬り込んで来た。
源之助も大刀を抜いた。明和の大刀が受けた源之助の大刀の鎬《しのぎ》を滑った。
明和の身体は均衡を崩した。
そこへ源之助の大刀が襲いかかる。明和は受けに徹した。
源之助と明和の大刀がぶつかり合う音が響き渡る。
藪中たちは固唾《かたず》を飲んで二人の真剣勝負を見守っている。
「おのれ」
明和に次第に焦りの色が浮かんだ。
源之助も次第に息が上がる。額には汗が滲み、動きも悪くなった。
「明和さま、奴は弱っております」
藪中が声をかけた。
明和は態勢を整えると源之助に突進して来た。
「そうれ」
明和は渾身の力を込めて突きを繰り出した。源之助は真っ向から立ち向かった。
明和の大刀の切っ先が眼前に繰り出された。源之助は堪らず、横転した。
明和は源之助を串刺しにしようと、大刀の切っ先を突き刺してくる。源之助は回転しながら明和の攻撃を避ける。

「てえい」

源之助は気合いと共に回転を速めた。

明和の大刀が板敷に突き刺さった。

「おのれ」

すぐさま、明和は大刀を板敷から引き抜こうと腰を落とし踏ん張った。

「これまでです」

源之助は大刀の切っ先を明和の喉仏に突き出した。

「うう」

明和はうめき声を洩らした。

静寂が建屋を支配した。

「明和、負けたな」

知安の声が響いた。

五

次いで、拍手が打ち鳴らされた。

拍手の主は知安である。知安は大きく拍手を打ち鳴らしながらゆっくりと歩いて来た。そして、

「見事だな、蔵間源之助」

と、言い放った。

明和がようやくのことで大刀を板敷から引っこ抜くと、

「まだまだだな」

知安はからからと笑い声を放った。

「申し訳ございません」

明和は殊勝に詫びた。

「修練が足りん。余の猿真似をして東軍流帰蝶返しもその切れ味では、役に立たんぞ」

知安は乾いた笑いを発した。

明和はすっかり打ちのめされていた。

「殿さま」

源之助は知安に言った。

「何だ」

知安は悠然と構える。藪中たちが源之助を始末しようと身構えた。それを知安が、

「おまえたちでは手に余る。この者を斬れるのはわたしだけだ」

知安の言葉に従うように藪中は黙って後ずさりする。

知安は配下の者たちに向かって、

「手出し無用ぞ」

と、有無を言わせない態度で命令を下した。

「ちょっと、待ってください」

源之助は大きな声を出した。

「この期に及んで意気地がなくなったのか」

知安はうれしそうだ。

「どう受け止められようと勝手です」

「ならば、どうした」

「わたしも町方同心の端くれです。いくつか疑問を抱えたままではすっきりとしません」

「なるほど、そういうことか」

知安はうなずいた。

「まず、五年前の一件。船渡屋松之助を殺したのはあなたさまですか」

「そうだ」

知安は事もなげだ。

「どうして、そのようなことをなさったのですか」

「江戸の市井を散策しているうちに船渡屋とは懇意になった。ところが松之助め、余が辻斬りをしておること、感づきおった」

知安は盗人が蔵に押し入ったことで、自分が成敗してやると請け負った。

そうやって、蔵に入る。続いて松之助も入ったところで松之助を斬った。

「それを寅五郎になすりつけたのですか」

「余がなすりつけたわけではない。おまえら町方と船渡屋の茂兵衛の奴がそうしたのだ。藪中が動き、余は舟渡屋にはおらず、あくまで盗人が松之助を殺したことだと北町の与力大野に釘を刺した。あの頃、父は存命でしかも現職の老中であったからな。

船渡屋の奉公人の中には余の姿を見た者があったが、北町にはこれ以上の取り調べは不要と北町の動きを封じたのだ。大野は納得いかないようだったが、奉行であった小田切土佐守《おだぎりとさのかみ》が了承した以上、飲むしかなかったようだ」

知安は哄笑を放った。

源之助は怒りで声を震わせながら、

「このところ世間を騒がせております辻斬りも殿さまの仕業でございますか。逆袈裟魔は殿さまでございますか」

「いかにも」

知安は意にも介していない。それがどうしたと言いたげだ。

「何故、今頃になって辻斬りなどなさるのですか」

「疼《うず》いた」

「はあ……。何故でございますか」

「父が死に、余が藩主となった。藩主となると世継ぎでの暮らしとは大違いだ。今までのように勝手気ままに出歩くなどできはしない。そんな窮屈な暮らしをしておるとな、肩が凝ってしまった。それで、ここら辺りで鬱憤を晴らしてやろうと思ってな」

知安は声を上げて笑った。

「そのようなことで罪もない者を手にかけておったのですか」

源之助は怒りで全身が打ち震えた。

「罪もない者ばかりではないぞ。何とか申した島帰りの男だって成敗してやったさ」

「捨吉のことですか」

源之助は自分でも声に険が混じるのがわかった。

「そんな名だった。そいつは、しつこく嗅ぎまわるし、茂兵衛の奴が迷惑がっていたからな」

「それを虫けらのように殺すとは……」

源之助の胸には言いようのない声が呼び覚まされたようだ。

「もう、いいか」

知安は源之助と勝負がしたくて仕方ないようだ。

「許せん」

「何だと」

「いくら、殿さまだろうと、どのような身分のお方であろうと、あなたを許すことはできん」

「面白い」

知安はせせら笑った。

「へらへら笑うな！」

源之助は怒鳴りつけた。

「無礼者、成敗してくれるは」

知安は大刀をはらりと抜いた。

「帰蝶返しは使わないのか」

「必要ない」

知安は大刀を八双に構えた。

源之助は正眼に構える。

知安の目は狂気を帯びていた。心底、人を斬るのが楽しいのだろう。それを裏付けるかのように知安は舌をぺろりと舐めた。

「とう」

その足取りは軽く、敏捷である。殿さまの遊戯と侮ってはいられない。いきなり、繰り出された突きは源之助をして背筋がぞっとするほどだった。

源之助は右に避けた。

ところが、知安の動きは源之助の動きを予想していたがごとく切っ先が源之助を追ってきた。

源之助は必死で受け止める。

「ははは」

知安は愉快そうに笑い声を上げた。

源之助は攻めに転じようと間合いを取った。知安は大刀を下げた。いかにも誘っているかのようだ。

「臆したか、蔵間源之助」

挑発するように大きく両手を広げた。

源之助は挑発に乗せられてはいけないと己に言い聞かせる。

知安は両手を広げたままじっと源之助を見る。源之助は知安から視線を外した。目が合っているとなんだか引き込まれそうになってしまう。

源之助はすり足で詰め寄る。

そして渾身の力を込めて大上段から大刀を振り下ろした。

知安はひらりと舞ったように見えた。

源之助の大刀は虚しく空を切る。知安の嘲笑が耳に突き刺さる。

すぐに態勢を立て直し、知安に向く。

知安の大刀が目にも止まらぬ光の筋となって源之助に襲い掛かった。
咄嗟に大刀を繰り出したが遅く、左腕に鋭い痛みを感じた。
二の腕から血が流れた。
「どうだ、片手では戦えぬか」
知安はねめつけてきた。
源之助は両手で大刀を構えようとしたが、とてものこと構えられるものではない。
左手をだらりと下げ、右手一本で大刀を持った。
「よし、ならば、余も付き合おうではないか」
知安は言うと、左手で自らの右手の二の腕を斬った。
鮮血が迸《ほとばし》り、知安の顔を真っ赤に染めた。そして、哄笑を放つ。
まるで狂気の形相である。建屋の中がしんとなった。
みな、狂気を帯びた知安に戦慄している。
「さあ、まいれ」
知安は左手一本で大刀を持った。
源之助は誘われるように右手一本で知安に向かった。
知安は左腕で鋭く大刀を斜めに切りあげた。

まさしく、東軍流帰蝶返しである。

源之助の大刀は弾き飛ばされた。そして、勢い余って足を滑らせ尻餅をついてしまった。

「さあ、どうだ」

知安は源之助の前に立ちはだかった。

源之助は観念した。

「存分にされよ」

こうなったら、知安という男の狂気を見届けようと思った。この狂気じみた男の一挙手一投足に目を凝らし続けることが自分の最後の使命のような気がした。

ふと、久恵や源太郎の顔が過った。

――久恵、世話になった。源太郎、町人のために尽くせ――

そんな遺言めいた言葉を心の中で刻んだ時、

「往生せよ」

知安は言ったと思うと、大刀を頭上に掲げた。

源之助は知安を睨みつけた。

と、次の瞬間、知安の動きが止まった。大刀を頭上に翳したまま仁王立ちしている。

その目はうつろになり、自分でも何が起きたかわかっていないようだ。

やがて、源之助は知安の腹から大刀の切っ先が出ているのが見えた。

それに知安も気がついたとみえ、知安は大刀を落とし、首を後方に曲げた。

大刀の切っ先が知安の腹から引っ込んだ。

同時に知安の身体は板敷きに倒れた。

明和が立っていた。

「明和さま」

源之助はそう呟くのが精一杯だ。

「今日よりは余こそが大道寺知安だ」

明和はそう宣言した。

藪中は呆然としている。

「よいな」

明和は言った。

「はい」

藪中は呆然とした顔で返事をした。

六

藪中は板敷きに転がる源之助の大刀を拾って持って来た。源之助は無言で受け取り鞘に収める。不思議なもので、大刀が鞘に収まってみると猛り狂っていた気持ちが平らかになった。

源之助の目から狂気が取り除かれたのを見て取ったのか、明和も表情を穏やかにした。

「お聞かせください」

源之助は明和に向き直った。明和はわずかに顎を引いた。

「知安さまかどわかしの芝居、あれは結局どういうことであったのですか」

「知安殿が藩内の明和派を一掃しようと企てた。それは事実だ。ところが、知安殿はわたしのことを嫌ってはおられなかった。というより、とことん利用しようとした。おのれの身代わりに立て、利用しつくしてから殺すつもりであったのだろう」

明和は藪中に視線を向けた。

藪中は明和の視線から逃れるように俯いた。

「図星のようだ」

明和は薄く笑った。

藪中は明和の前に両手をつき、

「まこと、殿は狂気を秘めたお方であられました。何をなさるか、我らの考えの及ばないお方でございました。勝手ながら、これからは明和さまを戴き恵那藩大道寺家を存続させていかなければなりません。蔵間殿、このこと承知願いたい」

「では、知安さまの罪は不問に伏せと申されるか」

源之助は藪中を睨んだ。

「武士の情けでござる」

「武士の情けとは思いません」

源之助はきっぱりと拒絶した。

「ならば」

藪中は懐紙を取り出し、矢立の筆を素早く走らせた。書き終えるとそれを源之助に渡す。源之助は素早く視線を走らせた。

そこには、逆袈裟魔は自分であり、船渡屋松之助もそのことを知っているため口封じに自分が始末をした　と、記されていた。

「殿さまの罪を背負う、忠臣、ここに極まれりですな」

源之助は皮肉な笑みを投げかけた。

藪中は書付を受け取り、脇差で右の親指を切って血判を捺《お》す。それから、建屋の外に出た。男の悲鳴が聞こえた。

「しまった」

源之助は舌打ちをした。

藪中は血刀を提げたまま建屋に戻って来た。うつろな目で、

「たった今、船渡屋茂兵衛を始末し申した。明和さま、知安さまは病にて亡くなられました。恵那藩大道寺家をよろしくお願い致します」

と、言うや脇差を腹に突き立てた。

源之助は止めようとしたが明和がそれを制し、

「成仏せよ」

と、介錯をした。

藪中の首が板敷きに転がった。

三月の末、桜の散ってしまった頃、源之助は大道寺明和と共にお吉の家を訪問した。

明和は羽織、袴の略装である。

怪訝な表情で迎えたお吉だったが、

「蔵間さま、昨日、御奉行所からこんな文が届きました」

文には寅五郎の船渡屋松之助殺しの罪が晴れたことが記され、見舞金として金五両が下賜されたという。

お吉は半信半疑でそれを寅五郎の位牌の前に供えた。

「なんでも、下手人は大道寺さまのご家来だそうですね」

お吉の問いかけに源之助が答えようとしたのを明和が制し、

「いかにも、まこと、すまなかった。捨吉を殺したのも同様だ」

お吉は明和を見て首を捻る。

「こちら、大道寺の殿さまだ」

源之助は言った。

お吉は両目を大きく見開いた。

「いかにも大道寺明和である」

明和は静かに告げた。

「へへえ」

お吉は両手をついた。

「苦しゅうない。面《おもて》を上げよ。今日は家臣の不始末を詫びにまいった。頭を下げねばならないのは余である」

明和はお吉に向かって頭を下げた。

お吉は恐縮の体《てい》で、

「もったいない、もったいないでございます」

「線香を上げさせてくれ」

明和は寅五郎と捨吉の位牌に線香を手向《たむ》けた。

「寅、捨吉さん、こんんで成仏できるな。大道寺の殿さまが詫びに来てくだすったんだよ」

真相を知らないお吉は喜びを溢れさせている。

源之助は胸が締め付けられそうになった。

これが精一杯のことだ。真の下手人たる大道寺知安は明和によって成敗され、共謀していた藪中と船渡屋茂兵衛は自滅した。

「これを」

明和は紫の袱紗包みをお吉に香典だと手渡した。中には二十五両包みが四つ、すなわち百両ある。

「こ、こんな」

お吉は口をはぐはぐさせた。

「いただいておけ」

源之助は言った。

お吉は押し頂くようにしてそれを受け取った。

「そうだ、五十両は捨吉さんの実家に届けます。勘当されてましたが、事情を話せば、受け取ってくれるでしょう」

お吉は言った。

源之助も線香を手向けると明和と共にお吉の家を出た。

長屋の木戸までお吉は出て来て源之助と明和を見送った。

「これで許せ」

明和はいかにも申し訳なさそうだ。

「許すのはわたしではございません」

源之助はぶっきらぼうに答えた。それから改めて、

「殿さま、よき政《まつりごと》、民を慈しむ政をなさってください。それが、わたしの願いであ

り、知安さまや藪中さまの罪滅ぼしとなりましょう」

知安は深くうなずき、

「そなたの言葉、おろそかにはせん」

と、言うと足早に歩いて行った。

そして、前を向きながら、

「蔵間源之助、いつかまたまみえようぞ」

その明るい声音は源之助をしてわずかな希望を抱かせた。


源之助は杵屋善右衛門を訪ねた。

善右衛門は店の裏手にある母屋の縁側で日向《ひなた》ぼっこをしていた。源之助も横に並んで腰掛けた。

「大道寺さま、大した騒ぎでございましたな」

「まあ……」

源之助は言葉を曖昧に濁らせた。

町では逆袈裟魔が大道寺家の家臣であると知れ渡った。

「殿さまは病にてお亡くなりになられたそうですが、口さがない連中の中には家臣の不始末の責任をとって、切腹をなさった、それで、御公儀のお咎めを免れた、と」

「ほう、そのようなことが噂されておりますか」

知安を知る源之助には大きな違和感があるが、それを口に出すことはできない。

「ともかく、これで物騒な辻斬りはいなくなったのですから、これで世の中、少しはよくなるかもしれません」

善右衛門は大きく伸びをした。

「よくなればよいのですが」

源之助はついそんなことを口に出してしまった。

すると、善右衛門ははたと手を打ち、

「そうそう、取り損なった掛取りの金、二十両が戻ったのです」

「ほう」

源之助は口を半開きにした。

「焼失したお寺が再建されることになりまして、新しい住職さまが来られ、これからもよろしくお願いしたいと申されて、掛取りのお金を支払ってくださいました」

「それはよかったですね」

「世の中、捨てたものではございません」

「まったくです」

源之助はじんわりとした喜びが溢れた。

家路に就く。

気分はずいぶんと晴れやかになった。日本橋の雑踏を歩いているうちに明和と一緒に屋台を散策したことを思い出した。

あの時の明和が明和の素顔であったなら、明和はよき殿さまになるだろう。

そう信じよう。

すると、向こうから源太郎が歩いて来る。

確か今日は非番だと言っていた。その溌剌とした様子は源之助が見たこともないくらいに生き生きとしていた。ちらっと横を見ると美津の姿があった。美津も笑顔である。

源之助は二人に見つからないよう雑踏の中に紛《まぎ》れた。

青空に燕が飛んで行った。

白い雲が光り、薫風にはぬくもりが感じられた。

時代小説
二見時代小説文庫

殿《との》さまの貌《かお》 居《い》眠《ねむ》り同心《どうしん》 影御用《かげごよう》7

著者 早見《はやみ》 俊《しゅん》

発行所 株式会社 二見書房
東京都千代田区三崎町二―一八―一一
電話 〇三―三五一五―二三一一［営業］
〇三―三五一五―二三一三［編集］
振替 〇〇一七〇―四―二六三九

印刷 株式会社 堀内印刷所
製本 ナショナル製本協同組合

 ISBN978－4－576－12036－2
http://www.futami.co.jp/

居眠り同心 影御用 源之助 人助け帖

早見俊［著］

凄腕の筆頭同心がひょんなことで閑職に……。暇で暇で死にそうな日々に、さる大名家の江戸留守居から極秘の影御用が舞い込んだ。新シリーズ第1弾！

朝顔の姫 居眠り同心 影御用2

早見俊［著］

元筆頭同心に御台所様御用人の旗本から息女美玖姫探索の依頼。時を同じくして八丁堀同心の不審死が告げられた。左遷された凄腕同心の意地と人情。第2弾！

与力の娘 居眠り同心 影御用3

早見俊［著］

吟味方与力の一人娘が役者絵から抜け出たような徒組頭次男坊に懸想した。与力の跡を継ぐ婿候補の身上を探れ！「居眠り番」蔵間源之助に極秘の影御用が…！

犬侍の嫁 居眠り同心 影御用4

早見俊［著］

弘前藩御馬廻り三百石まで出世した、かつての竜虎と謳われた剣友が妻を離縁して江戸へ出奔。同じ頃、弘前藩御納戸頭の斬殺体が江戸で発見された！

草笛が啼《な》く 居眠り同心 影御用5

早見俊［著］

両替商と老中の裏を探れ！北町奉行直々の密命に居眠り同心の目が覚めた！同じ頃、母を老中の側室にされた少年が江戸に出て…。大人気シリーズ第5弾

同心の妹 居眠り同心 影御用6

早見俊［著］

兄妹二人で生きてきた南町の若き豪腕同心が濡れ衣の罠に嵌まった。この身に代えても兄の無実を晴らしたい！血を吐くような娘の想いに居眠り番の血がたぎる！

二見時代小説文庫

憤怒の剣 目安番こって牛征史郎

早見俊［著］

直参旗本千石の次男坊に将軍家重の側近・大岡忠光から密命が下された。六尺三十貫の巨躯に優しい目の快男児・花輪征史郎の胸のすくような大活躍！

誓いの酒 目安番こって牛征史郎2

早見俊［著］

大岡忠光から再び密命が下った。将軍家重の次女が輿入れする喜多方藩に御家騒動の恐れとの投書の真偽を確かめよという。征史郎は投書した両替商に出向くが…

虚飾の舞 目安番こって牛征史郎3

早見俊［著］

目安箱に不気味な投書。江戸城に勅使を迎える日、忠臣蔵以上の何かが起きる……。将軍家重に迫る刺客！征史郎の剣と兄の目付・征一郎の頭脳が策謀を断つ！

雷剣の都 目安番こって牛征史郎4

早見俊［著］

京都所司代が怪死した。真相を探るべく京に上った目安番・花輪征史郎の前に驚愕の光景が展開される…。大兵豪腕の若き剣士が秘刀で将軍呪殺の謀略を断つ！

父子の剣 目安番こって牛征史郎5

早見俊［著］

将軍の側近が毒殺された！居合わせた征史郎に嫌疑がかけられる！この窮地を抜けられるか？元隠密廻り同心と倅の若き同心が江戸の悪に立ち向かう！

神の子 花川戸町自身番日記1

辻堂魁［著］

浅草花川戸町の船着場界隈、けなげに生きる江戸庶民の織りなす悲しみと喜び。恋あり笑いあり人情の哀愁あり、壮絶な殺陣ありの物語。大人気作家が贈る新シリーズ第1弾！

二見時代小説文庫

手毬寿司 小料理のどか屋 人情帖4
倉阪鬼一郎［著］

江戸の町に強風が吹き荒れるなか上がった火の手。店を失った時吉とおちよは無料炊き出し屋台を引いて復興への一歩を踏み出した。苦しいときこそ人の情が心にしみる！

雪花菜飯《きらずめし》 小料理のどか屋 人情帖5
倉阪鬼一郎［著］

大火の後、神田岩本町に新たな店を開くことができた時吉とおちよ。だが同じ町内にけれん料理の黄金屋金多が店開きし、意趣返しに「のどか屋」を潰しにかかり…

剣客相談人 長屋の殿様 文史郎
森詠［著］

若月丹波守清胤、三十二歳。故あって文史郎と名を変え、八丁堀の長屋で貧乏生活。生来の気品と剣の腕で、よろず揉め事相談人に！心暖まる新シリーズ！

狐憑きの女 剣客相談人2
森詠［著］

一万八千石の殿が爺と出奔して長屋暮らし。人助けの万相談で日々の糧を得ていたが、最近は仕事がない。米びつが空になるころ、奇妙な相談が舞い込んだ…

赤い風花《かざはな》 剣客相談人3
森詠［著］

風花の舞う太鼓橋の上で旅姿の武家娘が斬られた。瀕死の娘を助けたことから「殿」こと大館文史郎は巨大な謎に立ち向かう！大人気シリーズ第3弾！

乱れ髪 残心剣 剣客相談人4
森詠［著］

「殿」は、大川端で心中に見せかけた侍と娘の斬殺死体を釣りあげてしまった。黒装束の一団に襲われ、御三家にまつわる奥深い事件に巻き込まれていくことに…！

はぐれ同心 闇裁き 龍之助 江戸草紙

喜安幸夫［著］

時の老中のおとし胤が北町奉行所の同心になった。女壺振りと島帰りを手下に型破りな手法と豪剣で、悪を裁く！ワルも一目置く人情同心が巨悪に挑む新シリーズ

隠れ刃 はぐれ同心 闇裁き2

喜安幸夫［著］

町人には許されぬ仇討ちに人情同心の龍之助が助っ人。敵の武士は松平定信の家臣、尋常の勝負はできない。〃闇の仇討ち〃の秘策とは？大好評シリーズ第2弾

因果の棺桶 はぐれ同心 闇裁き3

喜安幸夫［著］

死期の近い老母が打った一世一代の大芝居が思わぬ魔手を引き寄せた。天下の松平を向こうにまわし龍之助の剣と知略が冴える！大好評シリーズ第3弾

老中の迷走 はぐれ同心 闇裁き4

喜安幸夫［著］

百姓代の命がけの直訴を闇に葬ろうとする松平定信の黒い罠！龍之助が策した手助けの成否は？これぞ町方の心意気、天下の老中を相手に弱きを助けて大活躍！

斬り込み はぐれ同心 闇裁き5

喜安幸夫［著］

時の老中の家臣が水茶屋の妓に入れ揚げ、散財しているという。極秘に妓を〃始末〃するべく、老中一派は龍之助に探索を依頼する。武士の情けから龍之助がとった手段とは？

槍突き無宿 はぐれ同心 闇裁き6

喜安幸夫［著］

江戸の町では、槍突きと辻斬り事件が頻発していた。奇妙なことに物盗りの仕業ではない。町衆の合力を得て、謎を追う同心・鬼頭龍之助が知った哀しい真実！

水妖伝 御庭番宰領
大久保智弘［著］

信州弓月藩の元剣術指南役で無外流の達人鵜飼兵馬を狙う妖剣！ 連続する斬殺体と陰謀の真相は？ 時代小説大賞の本格派作家、渾身の書き下ろし

孤剣、闇を翔ける 御庭番宰領
大久保智弘［著］

時代小説大賞作家による好評「御庭番宰領」シリーズ、その波瀾万丈の先駆作品。無外流の達人鵜飼兵馬は公儀御庭番の宰領として信州への遠国御用に旅立つ！

吉原宵心中 御庭番宰領3
大久保智弘［著］

無外流の達人鵜飼兵馬は吉原田圃で十六歳の振袖新造・薄紅を助けた。異様な事件の発端となるとも知らずに……ますます快調の御庭番宰領第3弾

秘花伝 御庭番宰領4
大久保智弘［著］

身許不明の武士の惨殺体と微笑した美女の死体。二つの事件が無外流の達人鵜飼兵馬を危地に誘う…。時代小説大賞作家が圧倒的な迫力で権力の悪を描き切った傑作！

無の剣 御庭番宰領5
大久保智弘［著］

時代は田沼意次から松平定信へ。鵜飼兵馬は有形から無形の自在剣へと、新境地に達しつつあった……時代小説の新しい地平に挑み、豊かな収穫を示す一作

妖花伝 御庭番宰領6
大久保智弘［著］

剣客として生きるべきか？ 宰領（隠密）として生きるべきか？ 無外流の達人兵馬の苦悩は深く、そんな折、新たな密命が下り、京、大坂への暗雲旅が始まった。

公家武者 松平信平《のぶひら》 狐のちょうちん
佐々木裕一［著］

後に一万石の大名になった実在の人物・鷹司松平信平。紀州藩主の姫と婚礼したが貧乏旗本ゆえ共に暮せない。町に出ては秘剣で悪党退治。異色旗本の痛快な青春

姫のため息 公家武者 松平信平2
佐々木裕一［著］

江戸は今、二年前の由比正雪の乱の残党狩りで騒然。背後に紀州藩主頼宣追い落としの策謀が……。まだ見ぬ妻と、舅を護るべく公家武者の秘剣が唸る。

四谷の弁慶 公家武者 松平信平3
佐々木裕一［著］

千石取りになるまでは信平は妻の松姫とは共に暮せない。今はまだ百石取り。そんな折、四谷で旗本ばかりを狙い刀狩をする大男の噂が舞い込んできて……。

木《こ》の葉《は》侍 口入れ屋 人道楽《ひとどうらく》帖
花家圭太郎［著］

腕自慢だが一文なしの行き倒れ武士が、口入れ屋に拾われた。江戸で生きるにゃ金がいる。慣れぬ仕事に精を出すが……。名手が贈る感涙の新シリーズ！

影花侍 口入れ屋 人道楽帖2
花家圭太郎［著］

口入れ屋に拾われた羽州浪人永井新兵衛に、用心棒の仕事が舞い込んだ。町中が震える強盗事件の背後に潜む奸計とは!? 人情話の名手が贈る剣と涙と友情

葉隠れ侍 口入れ屋 人道楽帖3
花家圭太郎［著］

寺の門前に捨てられた赤子、永井新兵衛。長じて藩剣術指南となるが、故あって脱藩し江戸へ。その心の温かさと剣の腕で人びとの悩みに応える。人気シリーズ第3弾